»Seit zwei Jahren«, so schreibt Wolf Biermann, »lebe ich mit dem Dichter Jizchak Katzenelson. Kurz bevor der in Auschwitz ermordet wurde, heute vor 50 Jahren, schrieb er sein großes Poem vom Sterben der Juden im Holocaust und vom großen Sterben der jüdischen Kämpfer beim Aufstand im Warschauer Ghetto. Ich habe die vielen Verse nun in mein Deutsch gebracht, und beim Schreiben an all diesen schwarzen Strophen kam es mir allen Ernstes so vor, als hätte ich nur 30 Jahre ein bißchen meine Kräfte geübt, um nun endlich dieses Werk lebendig ans deutsche Land zu ziehen.«
Durch Wolf Biermanns Übersetzung wird ein großer Dichter und ein einzigartiges literarisches Dokument dem deutschen Leser nahegebracht. Jizchak Katzenelson mußte nach dem Überfall der deutschen Wehrmacht auf Polen von Lodz nach Warschau fliehen. Er geriet dort ins Ghetto, gehörte zu den jüdischen Kämpfern. In einem KZ in Vittel schrieb er mit 57 Jahren in jiddischer Sprache seinen »Großen Gesang vom ausgerotteten jüdischen Volk«.

Jizchak Katzenelson, geboren 1886 in Karelitz bei Minsk. Schulleiter in Lodz, bedeutender Theaterautor, Dichter von populären Liedern und Kinderliedern. Er schrieb in hebräischer und jiddischer Sprache. 1944 in Auschwitz ermordet.

Wolf Biermann, geboren 1936 in Hamburg, Liedermacher, Dichter, Übersetzer und Publizist, erhielt 1965 Auftrittsverbot in der ehemaligen DDR, nach der Ausbürgerung durch die DDR-Regierung seit 1976 in Hamburg. Er erhielt u.a. 1989 den Friedrich-Hölderlin-Preis, 1991 den Georg-Büchner-Preis und den Heinrich-Heine-Preis 1993.

Jizchak Katzenelson
Dos lied vunem ojsgehargetn jidischn volk

Großer Gesang vom ausgerotteten jüdischen Volk
Wolf Biermann

Vor- und Nachwort von
Wolf Biermann

Deutscher
Taschenbuch
Verlag

dtv

Dezember 1996
Deutscher Taschenbuch Verlag GmbH & Co. KG, München

Gestaltungskonzept: Balk & Brumshagen
Gesamtherstellung: C. H. Beck'sche Buchdruckerei,
Nördlingen
Printed in Germany · ISBN 3-423-12233-1

Wie gut, daß es auch preiswerte Taschenbücher gibt, denn so kann das Katzenelson-Poem jetzt leichter über dtv unter die Deutschen kommen. Wie schön, daß Schüler und Studenten, die nicht mal eben fünfzig Mark für die Originalausgabe blechen, nun doch den Großen Gesang lesen können. Es ist immerhin das bedeutendste Gedicht über die Shoa, die die Amerikaner den Holocaust nennen.

Das ist womöglich eine Übertreibung. Wie denn sollte ausgerechnet ich wissen, was das »bedeutendste Gedicht ...« über den Massenmord am jüdischen Volk sei.

Als ich voriges Jahr zum ersten Mal in Warschau meine Lieder sang, führte man mich dorthin, wo das Ghetto gewesen war. Ja, man muß sich da führen lassen, denn vom Ghetto selbst ist nichts mehr zu erkennen, und die Trümmer unter dem Asphalt der neuen Straßen sind stumm. Auch die hohe Mauer, die den »Jüdischen Wohnbezirk« damals umschloß, ist längst abgetragen, und das wundert mich nicht, wenn ich daran denke, daß nicht mal von der Berliner Mauer nach einem Jahr viel übrig blieb.

In Warschau führte man mich an einen vielleicht fünf Meter langen Rest eines restaurierten Segments der Ghettomauer, versteckt auf einem Hinterhof. Da fühlte ich unter meinen Sohlen etwas. Meine Zehen spürten, daß in etwa vier Meter Tiefe in einem zugeschütteten Kellerloch eine verschlossene Milchkanne versteckt ist, in der auf zerfallendem Papier ein noch besseres Gedicht liegt, noch erhaben niedriger, noch erschütternder, noch bedeutender für die Menschheit ... Aber wenn jemals ein Bagger eine Grube ausheben würde und man würde dort suchen, dann fände man vielleicht nur ein paar leere Patronenhülsen und ein verrottetes Püppchen.

Sagen wir mal so: zumindest von den Gedichten, die man kennt, mag Katzenelsons Poem das allerschönste sein. Ja, »schön«! denn grade ein Gedicht über das Allerhäßlichste ist nur zu ertragen, wenn es auch ein großes Kunstwerk ist.

Diese Taschenausgabe enthält keine Faksimiles der originalen Handschrift, auch nicht die lateinische Transskription, die mir Arno Lustiger lieferte und somit auch nicht meine vielen handschriftlichen Anmerkungen, Worterklärungen und Personenbeschreibungen, die ich in den jiddischen Text hineingeschrieben und mit veröffentlicht habe, damit der tiefer interessierte Leser mit einem Seitenblick auf die linke Seite leichter ins jiddische Original blicken kann.

Aber immerhin wurden auch meine drei Essays in diesem dtv-Büchlein abgedruckt, sodaß der Leser sich ein dreidimensionales Bild von dem Dichter Jizchak Katzenelson machen kann: jüdisches Leben – jüdische Gesellschaft – jüdische Sprache.

Bei der Aufbereitung des Textes für die Ausgabe, die Sie nun in der Hand halten, gab es ein technisches Problem, für das wir eine künstlerische Lösung finden mußten. Katzenelson schrieb ja dieses Poem in Vierzeilern, und alle sind streng kreuzweise gereimt. Das gesamte Werk besteht aus insgesamt 15 Gesängen, und jeder Gesang wiederum aus 15 Vierzeilern. Es gibt aber in dieser Regelmäßigkeit eine interessante strukturelle Schiefheit: Je weiter nämlich der Dichter in seinem Werk vorankommt, um so länger werden die Zeilen.

Der Unterschied ist so extrem, daß die Zeilen des letzten Gesangs fast doppelt so lang sind wie die vom Anfang. Naiv »passiert« ist dem Dichter das gewiß nicht. Und so provozierte es mich zum Grübeln über seine Gründe. Katzenelson schrieb sein opus magnum ja, den Tod vor Augen, im Sonder-KZ Vittel. Ich stelle mir vor, daß es vielleicht so passierte: Je näher Katzenelson zum Gedicht-Ende kam, um so mehr spürte er, daß auch sein Lebens-Ende kommt. Und in solcher Lage will man womöglich vor dem Sterben »schnell noch alles sagen«. Die Zeit wird knapp, und hinter Stacheldraht war auch das Schreibpapier rar ...

Kommt noch hinzu, daß die jiddische Sprache ja in hebräischen Buchstaben geschrieben wird, und die brauchen nicht so viel Platz wie unsere lateinischen – kurz: die Zeilen sind so lang, daß man eigentlich ein Buch im Querformat brauchte. Bei der Originalausgabe des Kiepenheuer & Witsch-Verlages löste ich das Problem so, daß ich nach dem neunten Gesang aus den Vierzeilern echte Achtzeiler machte.

Nun aber die schmalen genormten Bändchen der dtv-Edition. Was tun? Der Computer des Setzers brach die Zeilen einfach da ab, wo die maximale Länge erreicht war und kippte den Rest der Zeile in eine nächste Zeile. Das sah häßlich aus, weil es die Struktur des Gedichtes vollends zerstörte. Zudem ergaben sich auf diese Weise Zeilenbrüche an Stellen, wo sie gradezu blödsinnig waren.

Ich habe dann das ganze Werk daraufhin durchskandiert und habe die Zeilenbrüche genau festgelegt – und zwar immer dort, wo nach meinem Gefühl der sinnfällige Bruch sein sollte.

Ich trug ja dieses Poem inzwischen öffentlich vor und lernte dabei, wo solche Brüche organisch und sinnvoll sind. Ich kann mir also denken, daß diese ärgerlichen Unterbrechungen im Zeilenfluß den Lesern der Taschenbuchausgabe sogar eine Hilfe sein können. Die breaks verhindern, daß eine monotone Lyrik-Leierei im Gehirn des Lesers entsteht und könnten ihm helfen, den Gestus der Sprache schneller zu erfassen.

Es ist bei Gelegenheit dieser Vorbemerkung etwas Verblüffendes mitzuteilen: Als ich Katzenelson Poem vor zwei Jahren zum ersten Mal im Hamburger Schauspielhaus vortrug, dann auch im Theater der Stadt Köln, in der Philharmonie München, im Burgtheater Wien oder in der Synagoge Oranienburger Straße, Ostberlin – da reagierten die Leute fast alle sehr ähnlich: sie waren tief bewegt und blieben still auf ihren Plätzen. Der sogenannte Beifall bestand aus einem schmerzlichen Schweigen.

In Israel aber war es verwirrend anders. Ich rezitierte den »Großen Gesang vom ausgerotteten jüdischen Volk« zum allerersten Mal im Kibbuz Sheffayim. Dort lebt noch Benny Katzenelson, der Neffe des Dichters. Es erschienen zu dieser Lesung fast ausschließlich ältere Menschen, die alles das, was ich nur nachgedichtet habe, grauenhaft erlebt hatten und – unvollstellbares Wunder – überlebt.

Ich erinnere mich an Sarah Ehrenhalt und Lydia Vago, zwei Frauen, die in Auschwitz halbtot am Leben geblieben waren, weil sie dort in der Munitionsfabrik UNION als Arbeitssklaven gehalten wurden. Und deren Reaktion am Ende des fünfzehnten Gesangs hat mich verblüfft: Sie lachten, sie strahlten eine schmerzliche Heiterkeit aus, die ich nicht verstand. Aber dann begriff ich doch: Sie waren einfach froh darüber, daß ihr vergängliches Leiden haltbare Sprache geworden war. Ja, es war fast soetwas wie eine lächelnde Genugtuung, es war ein kleiner Triumph über die Lüge von der Auschwitzlüge. Irgendwelche gemieteten Kretins können mit chemischen Analysen beweisen, daß es in Auschwitz gar keine Gaskammern gegeben habe, aber gegen diese große wahrhaftige Dichtung kommen all diese Geschichtslügen nicht an.

So dämmerte mir, daß Katzenelsons Verse womöglich mehr Beweiskraft haben, als die schrecklichen Photos von den KZ-Baracken, von den Schornsteinen und Verbrennungsöfen der Erfurter Firma Topf & Söhne, mehr als alle Leichenberge mit den ausgemergelten Häftlingen.

Ein Poem über das Grauen hält eben länger als grauenhafte Dokumente. Ein guter Film, ein Lied, ein Roman – gelungene Kunstwerke können zudem etwas bewirken, was wir alle brauchen: daß die statistischen Bewußtseinstatsachen auch stabile Gefühlstatsachen werden. Die Zahl von sechs Millionen ermordeter Juden ist schwer begreifbar und noch schwerer erfühlbar. Solch eine Monsterzahl erzeugt bei manchen Leuten nicht mehr intelligente Gemütsbewegungen als Informationen über die Besucherzahlen der Fußball-Bundesliga. Erst wenn so furchtbare Wahrheiten vom Hirn auch ins Herz des Menschen wandern, hat er sie wirklich begriffen. Erst dann kann aus der Kenntnis menschenfeindlicher Fakten soetwas wie die humane Haltung werden. Und wenn dieses Werk das befördert, dann bleiben die Toten lebendig. Sie können ja nur »auferstehn«, wenn wir, die Lebenden, nicht schon vor unserem Tode gestorben sind.

September 1996 in Altona Wolf Biermann

Heute haben wir irgendeinen Ersten Mai, genau fünfzig Jahre später. Ist die Lüge über die Auschwitzlüge der Juden in Deutschland wieder salonfähig, talkshowgünstig und straßenreif? Oder doch noch verboten? Keinen Tag dieses Lebens würde ich mehr dafür verschwenden, um meinem deutschen Volk abermals mitzuteilen, daß es grad eben mein jüdisches Volk umgebracht hat. Die magische Zahl 6 Millionen will keiner mehr hören. Das Publikum würde ungnädig gähnen – die einen wissen es, und die anderen wissen es besser. Und ob Du, lieber Leser, Dich beknirschst oder berühmst, es würde meinen Vater nicht wieder lebendig machen. Aber ein Gedicht, ein schönes Gedicht über das Allerhäßlichste auf Erden mag manchen noch bewegen.

Seit zwei Jahren lebe ich mit dem polnischen Juden Jizchak Katzenelson. Die Warschauer Ghettokämpfer hatten ihn mitten im Aufstand auf die arische Seite der Stadt geschmuggelt und ihm honduranische Papiere verschafft. Sie wollten unbedingt, daß wenigstens dieser Mensch am Leben bleibt. Katzenelson war damals genau so alt wie ich heute. Er hatte populäre Lieder und Gedichte geschrieben, Theaterstücke, in jiddisch und hebräisch. Seine Freunde hofften, er könnte später einmal die furchtbare Wahrheit über den Weltuntergang des jüdischen Volkes so sagen, daß die Nachwelt ihm glaubt, obwohl er die Wahrheit spricht.

Auf diese Weise geriet Jizchak Katzenelson in das sogenannte Vorzugs-KZ oder auch Sonderlager in dem französischen Städtchen Vittel am Fuße der Vogesen. Die Deutschen hatten nämlich in diesem großbürgerlichen Kurbad etliche Hotels, luxuriöse Jugendstil-Paläste, mit dreifachem Stacheldraht umwickelt. So war dort ein Internierungslager für US-amerikanische, britische, holländische und lateinamerikanische Bürger entstanden, die man gegen gefangengehaltene deutsche Staatsbürger im feindlichen Ausland eintauschen wollte.

Dort lebte Jizchak Katzenelson ein knappes Jahr unter einem Dach mit anderen Juden aus Warschau – bis er dann doch nach Osten deportiert wurde. Er starb am Tag seiner Ankunft, es war ein Erster Mai in Auschwitz. In Vittel aber war es ihm grad noch gelungen, ein gewichtiges Werk niederzuschreiben: »Dos lied vunem ojsgehargetn jidischn volk« – ein Poem, ein Epos in fünfzehn Gesängen.

Im Januar '44 war er damit fertig geworden. Im März schaffte er es, das Manuskript unter den Wurzeln eines alten Baumes zu vergraben. Die Alliierten waren noch nicht in der Normandie gelandet, aber das Buddeln in der frühlingsweichen Erde ging schön leicht. Es duftete schon mächtig nach Befreiung, als der Dichter drei Flaschen versteckte, in die er seine Verse gestopft hatte. Und all das passierte in diesem Vittel, wo das wohlschmeckende Wasser aus der Erde blutet, das wir gelegentlich in Plastikflaschen kaufen.

Der Dichter hatte außerdem eine feine Kopie seines Werkes auf dünnem Papier angefertigt, die in den Ledergriff eines Reisekoffers eingenäht wurde. Mit diesem Koffer verließ im Frühjahr 1944 eine junge Jüdin das Konzentrationslager. Sie durfte mit ihrem britischen Palästina-Paß im Austausch gegen sogenannte Templer-Deutsche nach Erez Israel reisen. Beide Fassungen des Werkes fand ich im Kibbutz der Warschauer Ghettokämpfer, Lochamej Hagetaot, die Flaschen-Version und die Koffer-Version. Und zwei Menschen gehören zu diesen beiden Fassungen: Myriam Nowitsch und jene Ruth Adler, die noch lebt und die ich in Israel besuchte. Sie erzählte so begeistert vom toten Dichter, daß er aus dem Foto über dem Sofa herabschwebte und sich zu uns an den Tisch setzte.

Beide Frauen spielten in einer romanhaften Verwicklung entscheidende Nebenrollen in dieser Geschichte. Die eine barg nach dem Abzug der Deutschen die drei Flaschen und brachte das Manuskript zu Dr. Nathan Eck nach Paris. Der tippte die feine Winzschrift in hebräischen Buchstaben ab und brachte das Werk zu einem jiddischen Drucker. Die junge Ruth Adler aber war heil durch alle Fährnisse gekommen und hatte ihre Kofferversion und ein Testament des Autors zu den Verwandten und Freunden ins Gelobte Land gebracht. Für beide Frauen bedeutete die kurze Begegnung mit dem Dichter offenkundig eine Prägung fürs Leben.

Myriam Novitsch schloß sich dem Kibbutz Lochamei Ha'getaot an und wurde dessen Ehrenmitglied. Seit 1945 widmete sie ihre ganze Lebenskraft dem Aufbau eines Museums der Warschauer Ghettokämpfer und dabei ganz besonders dem Werk ihres geliebten Dichters.

Sein Poem ist mit schwarzen Tränen in einen rauchschwarzen Himmel geschrieben. In diesen Versen ohne alle Hoffnung schimmert eine Hoffnung nur darum, weil da ein verlorener Mensch seine Verzweiflung überhaupt noch in Worte faßte.

Ich habe die herzzerreißenden jiddischen Verse nun in meine kopfzerbrechliche deutsche Sprache gebracht. Der Umstand, daß dieses Gedicht der Opfer ausgerechnet in die Sprache der Täter transportiert werden muß, bekümmert mich dabei gar nicht. Mein Deutsch ist das von Hölderlin und Büchner und Heine und Rosa Luxemburg, es ist meine Muttersprache von Emma Biermann, es ist unsere Vatersprache von Bertolt Brecht und kein Schweinefraß, zusammengemanscht aus Abfällen von Bismarck, Hitler, Honecker, Blödel-Otto, Leni Riefenstahl, Mielke und Stolpe.

Beim Balanceakt zwischen Pathos und Dokument, beim lyrischen Rhythmusklopfen und Metaphernmischen, beim aliteraten Wortefischen und beim altmodischen Reimeschmieden kam es mir manchmal so vor, als hätte ich an eigenen Liedern und Gedichten nur dreißig Jahre lang meine Sprache geübt, um nun endlich die Confessio des Jizchak Katzenelson lebendig an mein Land zu ziehn. Bei all dem trieb mich auch der lebenslängliche Affekt, immer wieder den Tod meines Vaters zu besiegen.

Es sind 225 kreuzweis' gereimte Vierzeiler. Der Reim funktioniert hier in seinem ursprünglichsten Sinn: das immer nächste Reimwort dient als Gedächtnisstütze. Die Zeiten waren ja nicht nur irgendwie finster, sie waren hell erleuchtet von den Scheiterhaufen, auf denen Menschen und Bücher und beschriebene Papierfetzen verbrannten. Man mußte eben alles im Kopf behalten. So sind die festen Reime wie ein Geländer über eine wacklige hohe Brücke.

Eine mysteriöse Unregelmäßigkeit des Poems machte mir zu schaffen. Von Gesang zu Gesang werden die langen Zeilen lang und länger. In den letzten Gesängen werden sie im Original dermaßen lang, daß sie fast das doppelte Volumen der Verse vom Anfang erreichen. Also habe ich nach dem achten Gesang aus den Vierzeilern einfach Achtzeiler gemacht. Es druckt sich besser, und es liest sich leichter.

Der Dichter hatte offenbar einen Großteil seines Poems schon im Kopf, als er es dann im Zimmer 107 des Hotels Providence niederschrieb. Der Hunger, die Kälte, die Ängste, der Schmerz um seine Frau Chana und seine Söhne Ben und Jom, die alle in Treblinka vergast worden waren ... die panische Sorge, daß jeder Tag der letzte sein könnte, lähmender Zorn und wilde Trauer – alle Widrigkeiten der Welt trieben ihn an, und so schrieb er vom Oktober 1943 bis zum darauffolgenden Januar sein Poem nieder.

Jetzt sind die deutschen Verse gefügt. Das Poem wird Ware, es kommt als Massenprodukt in das Lager irgendeiner zentralen Auslieferungsfirma und fließt ab in die Läden, eins wie's andre. Aber sobald es den Markt verlassen hat, geschieht eine wundersame Wandlung: Jedes Exemplar wird in der Hand eines Menschen zu einem unverwechselbaren Buch. Und erst dann entscheidet sich, ob man Perlen vor eine Sau warf, ob man Hundefutter für einen Rezensenten lieferte, dann erst wird sich zeigen, ob Katzenelsons Gedicht Wasser für ein paar Wissensdurstige wurde und ob dieses harte Brot genießbar sein könnte für junge wahrheitshungrige Menschen, die noch gute Zähne haben.

Sie alle kennen das: Wenn in der englischen Welt vom Holocaust die Rede ist, wenn die Israelis von der Schoa sprechen oder wenn wir Deutschen ohne allen ideologischen Euphemismus lieber vom Massenmord am jüdischen Volk reden, dann spukt in allerhand Hinterköpfen immer auch die Metapher von den sechs Millionen Opfern der Endlösung, die sich alle wie die Lämmer und die Kälber zur Schlachtbank führen ließen.

Das Gleichnis vom blöden Kalb, dem ängstlichen und hilflosen Rindviehlein, das widerstandslos zum Schlächter trottet, hat mich schon lange geärgert. Es stützt ja jenes Vorurteil, das die kerngesunden Mörder seit eh und je gern in die Welt hineinlügen: selber Schuld! Sogar der deutsche Kinder-Reim suggeriert dieses höhnische Reime-Paar: »Kälber Kälber – selber selber«. Und zwanghaft ergibt sich aus diesem Kälber-Bild die Anklage der armen Schlächter gegen die Geschlachteten: Ihr wolltet es so haben! Eure Schwäche hat uns gereizt, ja gradezu verführt! Ihr habt uns zu den Mördern gemacht, die wir nicht sind.

Vom Kälbchen gibt es ein rührendes kleines Lied. Als ich es mir vor Jahren aus dem Amerikanischen von einer Platte der Joan Baez abhörte und in singbares Deutsch brachte, dachte ich: typisch amerikanische Folklore. Und was für ein Zufall: Später fand ich in einem alten Liederbuch das jüdische Original und las zum ersten Mal den Namen des Verfassers: irgendso ein Katzenelson.

Ich machte mir dann anhand der Urfassung eine neue Übersetzung. Die Melodie haben Sie gewiß schon gehört, den Refrain kennen Menschen auf der ganzen Welt, und sie singen halblaut mit, wenn die göttliche Bob-Dylan-Donna den sinnarmen Kehrreim so bedeutungstief ausatmet: »Dona Dona Dona Dona ...«

Das Kälbchen

Krümmt ein Kalb sich auf dem Karren
Liegt gefesselt mit einem Strick
Schwebt 'ne Schwalbe durch die Himmel
Fliegt dahin im Bogen und zurück
    Weht der Wind im Weizenfeld
    lacht und lacht und lacht
    Lacht den ganzen Tag, den langen
    und die halbe Nacht
    Ej, dona dona dona dona
    dona dona dona do

Greint das Kälbchen, grinst der Bauer
Tja, nun bist du nebbich ein Kalb!
Wärst halt besser ein Vöglein worden
Wärst halt lieber worden eine Schwalb
    Weht der Wind im Weizenfeld ...

Blöde Kälber soll man binden
Schleifen, schlachten, so ist es recht
Doch wer Flügel hat, kann frei fliegen
Der wird niemals eines andern Knecht
    Weht der Wind im Weizenfeld
    lacht und lacht und lacht
    Lacht den ganzen Tag, den langen
    und die halbe Nacht
    Ej, dona dona dona dona
    dona dona dona do

Inzwischen hörte ich, daß nun auch nicht Katzenelson der Autor sei, sondern ein anderer jiddischer Dichter: Aaron Zeitlin, also der Sohn von Hillel, den Katzenelson im Poem nennt. Egal, das kaltherzliche Lied vom blöden Kälbchen ist schön und paßt mir sehr gut zum Kälberproblem in der Shoah.

Dona Dona Dona – was soll das bedeuten? Soll's die Kurzform von *dona nobis pacem* sein? Oder war mal wieder irgendeine hübsche Frau gemeint? Inzwischen ist auch das bis zur nächsten Klärung geklärt, im Original soll es nämlich heißen: Adonai! Adonai! Adonai! Grad so, wie in biblischer Zeit Moses trinkbares Süßwasser aus dem Felsen schlug, so wurde in Amerika das schlagersüffige Dona Dona Dona ... aus dem steinealten bibelhebräischen »Adonai« geschlagen, und das bedeutet auf deutsch: Mein HErr!

Gott im Himmel, könnte ich an Ihn glauben, würde ich zu Ihm in die Welten hoch schrein: HErr! Adonai! O, HErr, warum hast Du in den Zeiten der Nazi-Tyrannei geduldet, daß mein Vater, der sogar ein Kämpfer war, abgeschlachtet wurde wie ein Kalb? Und warum duldest Du nun in der Demokratie auch noch die miese Geschichtslüge, alle Juden hätten sich abschlachten lassen wie die Kälber.

Mit dieser Frage bewegen wir uns in einem tief innerjüdischen Streit. Lichterloh brennt er seit der Kontroverse um Hannah Arendts Thesen über den deutschen Beamten Adolf Eichmann. Hannah Arendt befand in ihrem Essay über die »Banalität des Bösen«, daß die europäischen Juden zu feige und zu gutgläubig waren. Sie formulierte den Vorwurf, daß die sogenannten Judenräte in den Ghettos mit der SS zusammengewirkt und der Vernichtungsmaschinerie sogar noch zugearbeitet hätten.

Wenn wir darüber nachdenken oder sogar streiten, dann gibt es en passant eine welthistorische Neuigkeit zu bedenken. Der Holocaust unterscheidet sich nämlich grundsätzlich von Völkermorden, wie die Welt sie gewöhnt ist. Ein Standardbeispiel:

Der türkische Genozid an den Armeniern 1915 wurde damit eröffnet, daß erstmal vorsorglich die gesamte armenische Elite ausgerottet wurde – Wissenschaftler, Politiker, Wirtschaftsbosse, Offiziere, Lehrer, Künstler.

Hitler verfuhr denn auch mit den Slawen nach diesem Modell. Wenn man ein ganzes Volk zuverlässig und auf lange Dauer versklaven will, muß man ihm – das ist nur vernünftig – erstmal sein Organ für die Vernunft abschlagen. Der Okkupant muß den kopflosen Körper des niedergeworfenen Volkes, der ja willig arbeiten soll, am Leben lassen: So verwandelt sich das enthauptete Volk in einen strukturlosen Haufen aus brauchbaren Maloche-Idioten.

Der weite Osten sollte von Hitlers Volk ohne Raum in Besitz genommen werden. Die großen Rittergüter in Polen verschenkte der Führer wie ein Feudalfürst an seine siegenden Generale und an treue Hofschranzen. In der Kornkammer Ukraine, in Weißrußland und dem russischen Rest von Europa sollten deutsche Wehrbauern mit ihren Arbeitssklaven angesiedelt werden. Albert Speer, Hitlers Hyperarchitekt, gab uns nach zwanzig Jahren Haft eine korrekte Auskunft über die Pläne der Nazis: Allein für die Schaffung einer ersten Infrastruktur, also für den Straßenbau, sollten nach gewonnenem Krieg gleich mal 15 Millionen Zwangsarbeiter verbraucht werden, die nach kurzer Zeit durch frische Kräfte ersetzt werden würden.

Ganz anders die sogenannte Elite der Juden in Osteuropa. Sie wurde nicht sofort liquidiert. Im Gegenteil: Einflußreiche Rabbiner und Wissenschaftler, geachtete jüdische Bürger und Politiker, die angesehenen Köpfe der jüdischen Gemeinden wurden, wo immer es ging, als Obrigkeit belassen und von den deutschen Behörden mit der Autorität für die korrekte Organisation des Völkermordes betraut. Die sogenannten Judenräte stellten unter Verwendung ihres Know-hows die Listen für die Deportationen zusammen, jüdische Ordnungskräfte sorgten für das pünktliche Erscheinen der Ausgewählten auf den Sammelplätzen für die Deportation.

Die Ursache für diese neuartige Vorgehensweise ist erklärbar: Die Deutschen wollten grundsätzlich keine jüdischen Arbeitssklaven gewinnen. Sie wollten jeden Juden vertilgen, gleichgültig, ob reich oder arm, assimiliert oder nicht, getauft oder mit Schläfenlocken, egal ob links rechts, unterwürfig rebellisch, Schriftgelehrter oder Amores, ungebildeter Säcketräger aus Galizien, ganz gleich, ob literarische Salonpflanze aus Paris, ob Ostjude oder Westjude, egal.

Allerdings waren die alles verharmlosenden Kulissen, die sprachlichen, die bürokratischen und die visuellen, mit deren Hilfe die jüdischen Massen auf dem Weg in die Gaskammern oder in die ausgehobenen Massengräber im Wald bis zuletzt getäuscht wurden, raffiniert und tief gestaffelt. Alle drei Tage mußten Arbeitshäftlinge in Treblinka eine dichte Sichtblende aus frischen Zweigen 3 Meter hoch in den Stacheldraht flechten, dort wo die Züge ankamen. Massenmörder wie Himmler und Eichmann waren keine phantasielosen Einfaltspinsel.

Womöglich ist also die geistreiche These der Hannah Arendt von der Banalität des bösen Schreibtischtäters zu simpel. War zum Beispiel dieses irreführende Zauberwort »Duschraum«, wie Amos Oz vermutet, die poetische Erfindung eines Genies? War es das womöglich wirkungsmächtigste Kurzgedicht aller Zeiten, das schöpferische Phantasieprodukt eines verhinderten Postexpressionisten, eine nazibraune Blume des Bösen? Konnten dermaßen erniedrigte Gefangene nach einer langen Reise im Viehwaggon, zusammengepfercht mit stinkenden Kadavern, kotbeschmutzt und verdurstet, konnten solche halbtoten Kreaturen überhaupt der verlockenden Aufforderung widerstehen, sich endlich wie zivilisierte Menschen unter eine Dusche zu stellen?

Vor den falschen Duschräumen stand groß die Losung: »Sauberkeit! Hygiene! Läuse sind gefährlich für Deine Gesundheit.« Es war eine clevere Idee, den Opfern schon vorher die Haare abzuschneiden, und es war ein grandioser Trick, sie sich alle vorher und freiwillig selber ausziehn zu lassen. Die geniale Lüge mit den Duschräumen ersparte den Nazis eine zusätzliche Armee von Judenmördern. Die Hoffnung der Opfer aufs Überleben machte die Arbeit in der Massenmordfabrik so bequem.

Gab es also den jüdischen Widerstand oder nicht? Und welche Rolle spielte er? Und dann noch die Frage: Hat überhaupt »selber Schuld«, wer sich nicht wehrt? Jeder Bankräuber-Geisel raten wir doch zu, daß sie stille hält ...

Das Poem von Jizchak Katzenelson ist für mich eine entscheidende Stimme in diesem Streit. Der Dichter zeigt beides: die Hilflosigkeit der überrumpelten und getäuschten Opfer, aber eben auch den heldenhaften Widerstand der Ghettokämpfer. Im Finale seines Werks jauchzt und kreischt und brüllt und schluchzt Katzenelson den Aufstand. Er berichtet, wie die letzten sechzigtausend noch lebenden Juden sich erhoben und den Todeskampf wagten gegen einen übermächtigen Feind.

Als der Hirtenknabe gegen den Riesen Goliath kämpfte, da trug David wenigstens eine Steinschleuder im Gürtel. Und er hatte seinen Gott als Verbündeten im Rücken. Gott buhlte damals noch um Anerkennung bei den Menschen und gab sich Mühe mit allerhand Wundern und Zeichen. Aber nun, gegen Wehrmacht und SS, hatten die Juden keine Chance. Es fehlte den Aufständischen nicht an Mut und Entschlossenheit, sondern an Waffen, an Sprengstoff für selbstgebastelte Bomben, an Essen, an Trinkwasser und vor allem: an weltlichem wie an göttlichem Beistand.

Die meisten Polen auf der arischen Seite wandten sich ab, mancher Christ sah dem Leiden der semitischen Gottesmörder mit katholischem Wohlgefallen aus dem Küchenfenster zu. Und wo war Gott selbst? Vielleicht grübelte er im Halbschlaf über die eitle Frage, ob das Universum ein Perpetuum mobile des Bösen sei.

Die Ghettokämpfer hatten keine schweren Waffen, sie besaßen einige Pistolen, wenige und schlechte Gewehre. Benzinflaschenumgürtet stürzten sich junge Frauen vom Balkon und setzten so die Panzerfahrzeuge der Wehrmacht in Brand. Weil es den Blitzkriegern bald zu gefährlich wurde, in die Häuser zu gehn, legten biedere deutsche Feuerwehrleute gemeinsam mit der SS vorsorglich von Haus zu Haus Feuer. Die Dokumente beweisen es: Der uniformierte Herrenmensch fühlte sich wie ein Kammerjäger im Schutzanzug, wenn er systematisch das Ungeziefer vernichtet.

In Kellern, die sie zu Bunkern ausgebaut hatten, hielten die jüdischen Kämpfer unter den brennenden Häusern aus. Sie ertranken in den Abwässern, sie erstickten mit den Ratten in der Kanalisation unter der Stadt. Verbrannt, ausgeräuchert, zerrissen von Granaten, von Maschinengewehrgarben niedergemäht – das Ghetto war am Ende alles in einem: Erschießungsmauer, Massengrab, Gaskammer und Krematorium. Aber diese kämpfenden Juden starben als aufrechte und ungebrochene Menschen. Ihr allerletztes Gefecht war nicht die geschichtsoptimistische Verheißung »C'est la lutte finale« aus dem Lied L'INTERNATIONALE, es war der finale Todeskampf eines Volkes.

Es gab kaum ein Entkommen. Und wer es doch schaffte, wer sich durch irgendein Schlupfloch auf die arische Seite retten konnte, der fiel den »Schmalzowniks« in die Hände. Das waren Polen, die sich darauf spezialisiert hatten, Juden im arischen Straßengewimmel zu identifizieren. Diese Spürnasen zerrten ihr Opfer in einen Hauseingang, rissen ihm die Hose von den Knochen und inspizierten einen Ausweis, den man nicht so leicht fälschen kann: die Vorhaut. Entweder sie erpreßten von solch einem elenden Menschen Geld (im Jargon: »Schmalz«) und Schmuck, oder sie lieferten den Juden für ein Kopfgeld bei der Gestapo ab, für ein paar Pfund Zucker und Mehl.

Es gab aber auch andere, die in Katzenelsons großem Gesang nicht vorkommen: Polen, die in ihrer Wohnung Juden versteckten und mit durchfütterten. Wer das Gedicht von Katzenelson liest, sollte dies im Hinterkopf haben. Sogar, wenn solche reine Menschenliebe mit ein bißchen Spekulation und praktischem Geschäftssinn verdreckt war – gemessen an dem, was ihm drohte, war jeder dieser Polen ein Retter der Welt. Er mußte doppelt zittern: vor den Deutschen und vor den lieben Nachbarn. Die Rache der »Herrenmenschen« an einem polnischen »Untermenschen«, wenn er »jüdisches Ungeziefer« bei sich versteckte, war besonders brutal: Zur Abschreckung wurde immer auch seine gesamte Familie mitliquidiert.

Die Motive solcher Helfer waren so verschieden, wie eben Menschen sind. Ob es gelebtes Christentum war oder polnischer Nationalstolz, ob es aus der Tapferkeit eines schlichten Gemütes kam oder aus dem Vernunftdenken eines links fühlenden Hitzkopfes – wichtig bleibt, daß es doch ein paar Tausend Gerechte gab, die alles wagten, um ihren jüdischen Bruder zu retten.

Aber der Dichter war nicht in einer Situation, in der man gerechte und ausgewogene Allerweltsliteratur absondert. Und so klagte und fluchte Katzenelson an der Stelle, wo es ihm besonders wehe tat: Zorn, Schmerz und Scham über die Lumpen unter den eigenen Leuten. Es ist eine traurige Wahrheit, und sie muß gesagt werden: Im Warschauer Ghetto hat es auch zweitausend jüdische Polizisten gegeben, sie waren bewaffnet mit Knüppeln. Sie machten die Dreckarbeit für die Besatzungsmacht. In der Zeit vom 22. Juni bis zum 21. September '42, als auf Befehl der Gestapo erst sechs, dann zehn, dann tagtäglich bis zu fünfzehntausend Juden in die Todeszüge gestopft werden sollten, war es die jüdische Polizei, die in Warschau auf Menschenjagd ging.

Diese Polizisten trugen, schreibt Katzenelson, ihren Davidstern auf der Armbinde wie ein Hakenkreuz. Solche Elenden hofften, als beflissene Mitmörder zu überleben. Sie zerrten die

Menschen aus den Wohnungen, schleiften die Opfer brutal die Treppen herunter. Wer sich wehrte, wurde ohne Erbarmen blutig geschlagen und auf dem sogenannten Umschlagplatz zur allerletzten Fahrt in die Viehwaggons geprügelt.

Jeder dieser Männer mußte drei, später sogar sieben Menschen pro Tag für das Vernichtungslager Treblinka liefern. Wer diese Kopfzahl nicht erreichte, wurde selbst mit aufgeladen. Mancher jüdische Polizist lieferte in panischer Todesangst die eigenen Eltern aus, um sein Soll zu erfüllen. Und mancher betäubte sich mit der Lüge, es sei nicht klar, wohin die Reise gehe. Was für eine zynische Korrespondenz: Es ging den Juden in diesem Punkte so ähnlich wie der Bevölkerung in Deutschland: Alle wußten, und nur wenige wollten wissen.

Unter den Juden im Warschauer Ghetto fanden sich Kollaborateure verschiedenen Grades. Es gab jüdische Gestapospitzel und kleine Profiteure, die sich an abenteuerlichen Handelsgeschäften mit der arischen Seite bereicherten. In dem Poem von Katzenelson ist auch von solchen Gangstern und Ganoven die Rede, und so wäre es ein Fehler, hier über dermaßen bittere Wahrheiten zu schweigen. Aber es ist womöglich auch ein Fehler, in diesem Deutschland offen über die Handvoll Juden zu sprechen, die sich den nationalsozialistischen Massenmördern dienstbar machten.

Das weiß ich doch: Manche weißhaarigen SS-Veteranen und auch ihre nachgewachsenen Enkel hören solche traurigen Wahrheiten allzu gern. Ein Schweigen über dieses peinliche Kapitel wäre in diesem geschichtsdummen Land vielleicht klüger. In der Bibel steht: Ein Narr sagt, was er weiß, und ein Weiser weiß, was er sagt. Aber ich denke, im Zweifelsfalle mag es der harmlosere Fehler sein, wenn wir kindlich die Wahrheit ausplappern – ohne schlaue Spekulation auf Wirkungen, die langfristig doch immer anders sind, als man dachte.

In einer Strophe seines Poems wütet der Dichter: Es sei besser, zehn jüdische Kollaborateure sterben, als ein SS-Mann. Er verurteilte seine Leute mit einer Radikalität, die keinem zukommt, der nicht selber in solchen Feuern war. Katzenelson verstand, aber Verständnis hatte er absolut nicht dafür, daß manche Juden in ihrer Todesangst mit den Mördern zusammenarbeiteten.

Keiner – und schon gar nicht in Deutschland – sollte sich hochziehn an der Niedrigkeit einzelner Juden. Ihre Schande soll nicht den Blick auf die wahren Verbrecher verdecken: Die Beamten der GESTAPO, die SS-Leute und Wehrmachtssoldaten, die kriminellen Totschläger der Dirlewanger-Truppe und die wohlerzogenen Normaldeutschen der ORPO, der Ordnungspolizei und der Feuerwehr. All diese bayerischen Frisöre und hessischen Klempner und hanseatischen Lateinlehrer und sächsischen Schneider standen geschniegelt und gebügelt mit blankgewichsten Stiefeln daneben, sie gaben knappe Befehle und schielten nach kleiner Beute, sie lachten lässig mit der Zigarette im Hals und steckten die Daumen hinter das Koppelschloß mit der Aufschrift: Gott mit uns! So überwachten sie lässig die Arbeit der jüdischen Treiber bei der Judenjagd.

Der Dichter und sein ältester Sohn Zvi hatten Arbeit in einer Rüstungsfabrik im Ghetto ergattert. Aber als er eines Abends in die Wohnung zurück kam, war seine Frau Chana mit den beiden Kleinen nicht mehr da. Katzenelson schrieb allein zwei wildverzweifelte Gesänge über diese menschenfleischfressenden Güterzüge, die zwischen Warschau und dem Todeslager pendelten.

In Treblinka reichten vierzig SS-Leute aus, um mit vorbildlicher Effektivität eine dreiviertel Million Juden fabrikmäßig zu ermorden. Diese vierzig Mann vollbrachten ihr Werk mit Hilfe von noch einmal achtzig Hiwis (so nannte man hilfswillige Wachleute, rekrutiert meist aus der Ukraine und aus den baltischen Ländern). Dabei wurde in Treblinka, 80 Kilometer von Warschau, nicht mit dem schnell wirkenden Zyklon-B-Gas gemordet, sondern mit Auspuffgasen großer Dieselmotoren, die in die Gaskammern geleitet wurden. Das Sterben dauerte dort 20 bis 30 Minuten.

Außerdem gab es in Treblinka in wechselnder Besetzung ein Arbeitskommando von Funktionshäftlingen, den »Hofjuden«. Sie wurden gezwungen, die ineinander verkrallten Toten aus den Gaskammern zu zerren und das Reisegepäck volkswirtschaftlich auszuschlachten und korrekt für den Versand ins Reich zu sortieren. Die Kleidungsstücke wurden dann, wie es im offiziellen Jargon hieß: »an notleidende deutsche Volksgenossen«, verteilt. Dabei kam es vor, daß an solchen Mänteln und Jacken noch der angeheftete gelbe Judenstern war. Es waren jüdische »Frisöre«, die den ankommenden Frauen die Haare abscheren mußten, Rohmaterial für die Weiterverarbeitung in der deutschen Kriegsindustrie.

Gewiß, es gab auch, selten genug, SS-Leute, die moralische Skrupel hatten und beim Morden schlapp machten. Wie oft habe ich in heillosen Streitdiskussionen den populären Refrain des Mitläufer-Liedchens gehört: »Hätte ick nich mitjemacht, hättn se mich umjebracht!« Darum sei am Rande erwähnt, daß alle vierzig SS-Leute sich freiwillig für den Dienst in Treblinka gemeldet hatten. Diese teutonischen Kriegshelden genossen drei wichtige Privilegien. Sie erhielten mehr Sold, sie durften alle zwei Monate auf Heimaturlaub. Und vor allem: Sie mußten nicht an die Front.

Der Leser soll wissen, daß es kein einziges Beispiel irgendeines SS-Mannes im Tausendjährigen Reich gibt, der irgendwo irgendwann vors Kriegsgericht kam, wenn er sich weigerte, beim Massenmord an wehrlosen Menschen mitzuwirken. Keiner, der sich als zu weich erwies, Frauen und Kinder in eine Grube herunterzuschießen, wurde zum Tode verurteilt oder auch nur degradiert. Das Einzige, was solch einem Verweigerer blühte: Er mußte mit der Waffe in der Hand, wie alle anderen Soldaten, an die Front. Dort mußte er dann freilich gegen

Menschen kämpfen, die auch irgendeine Metallbeförderungsmaschine in der Hand hatten.

Immer wieder klebten illegale Plakate in den Straßen des Ghettos: »Juden! die Züge vom Umschlagplatz fahrn in den Tod!« Aber abgerissen wurden sie nicht von der Besatzungsmacht, sondern von Juden, die sich wutverzweifelt an die Hoffnung klammerten, es gehe mit den Viehwaggons wirklich in ein anderes Land, in ein neues Leben, zwar unter harten Bedingungen, aber doch in irgendein Arbeitslager.

Solche Menschen rechneten immer noch viel zu rational, sie glaubten: Dieser Herr Hitler kann nicht so dumm sein und Millionen williger Arbeitskräfte vernichten, die er doch dringend braucht, wenn er Millionen deutscher Männer als Soldaten an die Front schickt. Diese Rationalisten unterschätzten den ideologischen Fanatismus des Führers, der niemals nur den banalen Endsieg im Sinn hatte, sondern bis zum Zusammenbruch seines Reiches immer auch das unverwüstliche Ideal eines judenfreien Europas.

Am 2. April '45, also unmittelbar bevor Adolf Hitler in den Selbstmord desertierte, diktierte er seinem Sekretär Martin Bormann:

»In einer moralisch mehr und mehr durch das jüdische Gift verseuchten Welt muß ein gegen dieses Gift immunes Volk schließlich und endlich die Oberhand gewinnen. So gesehen wird man dem Nationalsozialismus ewig dafür dankbar sein, daß ich die Juden aus Deutschland und Mitteleuropa ausgerottet habe.«

Die Realität überforderte die Phantasie der meisten Opfer. Man wollte nicht glauben, daß es nur und nur in den Tod geht. Ich kenne das auch aus den Erzählungen hier in Hamburg. »Die können uns doch nicht alle umbringen ...« – »Doch!« sagte 1941 mein Großvater, der Elektriker John Biermann zu seiner Frau Louise und zu meinem Onkel Karl und meiner Tante Rosi. In den Tagen, als die Hamburger Juden sich auf der Moorweide sammelten, als sie sich zum Abtransport vom

Sternschanzenbahnhof auf den Rampen des Hamburger Schlachthofs mit ihren Köfferchen und Bündeln bereit machten, da sagte der alte Mann: »Doch, doch! Die werden uns noch alle erschießen.« Seine Leute schimpften über solche Schwarzmalerei, keiner wollte ihm glauben. Und er behielt ja auch unrecht, denn die allermeisten Juden wurden nicht in Einzelabfertigung mit einer Kugel erschossen.

Die Täuschung funktionierte schon lange vor dem letzten Schritt durch eine Stahltür mit Gummidichtung, über der das Wort Duschraum stand. Die vierzigtausend Hamburger Juden zahlten bei der Deutschen Reichsbahn sogar brav die verbilligte Karte einer einfachen Gruppenreise ohne Retour, bevor sie in die Waggons kletterten. Als sie dann in die Gaskammern gingen, wurden sie aufgefordert, ihre Schuhe zusammenzubinden, damit sie sie nachher wiederfinden ... In den Frankfurter Auschwitz-Prozessen wurde deutlich, daß die menschenfreundliche Schauspielerei der SS-Ärzte bis an die Schwelle der Gaskammern reichte. Und die Funktionshäftlinge des Lagers hüteten ihre Zunge. Es winkten auf diesem Weg in die Vernichtung zu viele Zeichen dafür, daß es zwar in ein schweres Leben, aber nicht in den sicheren Tod geht.

Aber gab es wirklich keinen nennenswerten Widerstand? Wenn ich Raul Hilberg lese, kommt es mir so vor, als ob auch er immer nur das große Kälberlied singt. Das bleibt sein Verdienst: Als erster hat er eine akribische Enzyklopädie über die Vernichtung der europäischen Juden zusammengetragen. In seinem dreibändigen Standardwerk ist er auch unserer heiklen Frage nachgegangen. Die Tatsache, daß es so gar keinen Widerstand unter den Juden gegeben habe, erklärt Raul Hilberg etwa so: Diese Juden hatten halt nur die tausendjährige Erfahrung immer mal wieder aufflackernder Pogrome, mit denen man eben leben mußte und ... konnte.

Ich würde sagen: Das ist eine Art Gewittertheorie des Antisemitismus. Die Blitze schlagen ein, es donnert – und morgen scheint wieder die Sonne. Man kann nichts anderes tun, als sich zu verstecken, wegzulaufen, sich zu ducken. Es blieb nichts anderes übrig, als die vom Blitz erschlagenen Juden mit einem Kaddisch zu begraben und die niedergebrannten Häuser wieder aufzubaun. Und in der Tat war es eine jüdische Tradition, trotz aller Greuel immer wieder geduldig und hoffnungsstark auf bessere Zeiten hinzuarbeiten.

Diese sanfte Strategie hatte sich ja auch bewährt. Im 19. Jahrhundert machte die Judenemanzipation deutliche Fortschritte. Die Ghetto-Mauern fielen, immer mehr Juden assimilierten sich. Im Ersten Weltkrieg kämpften und starben deutsche Juden treuergeben und freudig fürs Vaterland. Seit an Seit mit den Gojim kämpften sie in der Armee des deutschen Kaisers gegen Gojim und Juden in französischen Uniformen.

Das ganze Judenproblem schien sich welthistorisch zu verflüchtigen. Der Gegensatz zwischen West- und Osteuropa, zwischen arm und reich, zwischen gebildet und ungebildet erschien tausendmal wichtiger als der zwischen Davidstern und Christenkreuz oder Hakenkreuz. Als 1933 die Weimarer Demokratie zerbrochen war, gab es Juden in Deutschland, die bereit waren, sich auch unter Hitler als loyale Staatsbürger zu bewähren.

Es gab akkulturierte deutsche Juden, die mit Verachtung auf die minderwertigen Ostjuden schauten. Es gab hier Juden, die schon lange kein Wörtchen mehr aus dem verachteten jiddischen Jargon im Hochdeutsch ihrer Kinder duldeten. Und sie tauften ihre Kinder nicht mehr Moses, sondern Moritz, nicht David, sondern Dagobert. In den zwanziger Jahren wurde unter Juden in Deutschland sogar der Name Siegfried besonders populär. Ein jüdischer Selbsthasser wie Karl Kraus hatte einen gradezu sportlichen Ehrgeiz, zu beweisen, daß er höher über die deutsche Sprachlatte springen konnte als die Deutschen, obwohl er doch auf einem jüdischen und auf einem österreichischen Bein daherkam.

Es gab sogar deutsche Juden, die Hitlers Antisemitismus für eine harmlose Jugendtorheit oder für eine Finte im Wahlkampf hielten. Eine Minderheit deutschnationaler Juden betrachtete den Aufstieg Hitlers mit Verständnis und Hoffnungen und sogar mit Sympathie – manch schwacher Mensch hätte sich gern eingereiht in die unaufhaltsamen Marschkolonnen der Nazis.

Diese Wahrheiten sind mehr oder weniger bekannt und müssen hier dennoch so penetrant wiederholt werden, weil sie alle in dieselbe Kerbe haun, die eben falsch ist. Die ganze Kälber-selber-Schuld-Arie liefert ein schiefes Geschichtsbild.

Die Soldaten der Roten Armee haben gekämpft und geblutet. Die westlichen Alliierten haben geblutet und gekämpft. Aber kein Volk hat sich so tapfer gegen die deutschen Massenmörder gewehrt wie ... die Juden – als Interbrigadisten im Spanischen Bürgerkrieg, als Ghettokämpfer in Osteuropa, als Partisanen in den russischen Wäldern und in den polnischen Sümpfen gegen die Wehrmacht. Jüdische Häftlinge kämpften und starben als Saboteure in der Todesfabrik Auschwitz. Man denke nur an die tapferen Frauen, die in der Munitionsfabrik »Union« tagtäglich in kleinen Mengen so viel Pulver zusammenklauten, daß es dann für die Sprengung eines Krematoriums ausreichte. Im Januar 1945 wurden vier dieser Jüdinnen gehängt.

In der Achten britischen Armee kämpfte die »Jewish Brigade Group«. Als die englischen Häfen zerbombt waren und die deutschen U-Boote die Zufahrtsrouten kontrollierten, brach der Nachschub für die britischen Armeen ab, die in Nordafrika vor dem Ansturm der Truppen des General Rommel zurückweichen mußten. Dreißigtausend Juden kämpften damals als Freiwillige in der britischen Armee, und zweihunderttausend Juden in Palästina besorgten fast den gesamten Nachschub für die britischen Afrika-Armeen.

Als deutsche Truppen vom 20. Mai bis zum 1. Juni 1941 unter gewaltigen Verlusten um die Insel Kreta kämpften, den strategischen Flugzeugträger im östlichen Mittelmeer, da bluteten auf Seiten der Alliierten besonders viele jüdische Kämpfer. Dreitausend Juden aus Palästina kämpften freiwillig in dieser Schlacht. Hunderte von ihnen fielen im Kampf, 1700 gerieten in deutsche Gefangenschaft. Ihr hoher Einsatz hatte einen praktischen Grund: Eine Eroberung Palästinas durch die Nazis hätte zur Vollendung der Endlösung geführt.

Jüdische Kämpfer ließen sich als Fallschirmspringer der Royal Air Force an allen Fronten hinter den Feindlinien absetzen. Eine von ihnen ist die ungarische Jüdin Hanna Szenes, die vor ihrem Tod ein kleines großes Gedicht schrieb, das heute in Israel die Kinder in der Schule lernen:

Hanna Szenes

Der Span sei gepriesen
  da er verbraucht ward
    die Flamme zu entzünden
Gepriesen sei die Flamme
  die sich verzehrt im heimlichen Schlag
    dem heftigen des Herzens
Das Herz sei gepriesen
  das stark genug war, stille zu stehn
    um der Ehre willen
Gepriesen sei der Span
  da er verbraucht ward
    die Flamme zu entzünden

Es gab also den jüdischen Widerstand. Dabei rede ich noch gar nicht von den ungezählten Juden, die, wie auch mein Vater, als Kommunisten im Widerstand kämpften und die ihre »Jüdischkeit« vergessen hatten oder verdrängt. Viele dieser Juden, merkten erst auf dem Weg in die Gaskammer, wo ihr toter Gott wohnt. Ja, es ist wahr, die meisten Juden waren wehrlos ausgeliefert, aber andere kämpften mit dem Mut der Hoffnungslosen und mit der radikalen Seelenkraft eines gequälten Volkes, das seine geschichtlichen Wurzeln lebendiger weiß als andere Völker.

Wer aber ist eigentlich und wer gilt als Jude? Shakespeares Shylock? der liebenswürdige Einstein? der Wanderrabbi Jesus? der Judenverachter Marx? die ermordete Rosa Luxemburg? der Judenhasser Weininger? der messianische Lubawitscher Rabbi Schneerson? der neurotische Woody Allen? die Stalinisten Slansky und Rajk, die Stalin ermorden ließ? der verzweifelte Ilja Ehrenburg im Zwielicht der Macht? der geniale Cockney Chaplin mit seinem beschnittenen Erzeuger? Ist Wladimir Wolfowitsch Ejdelschtajn ein Jude? Dieser großrussische KGB-Agent nennt sich seit kurzem Schirinowski und sagt: »Meine Mutter ist eine Russin und mein Vater ist ein Ju . . . rist.«

Nach der Halacha, dem Gesetz religiöser Juden, kann als Jude nur geboren werden, wer eine jüdische Mutter hat. Bei den deutschen Nazis galt aber der paternalische Aspekt. Ich war also nach dem Nürnberger Blutschutzgesetz (»Reichsgesetz zum Schutze des deutschen Blutes und der deutschen Ehre«) ein Mischling ersten Grades und hätte mich nach dem Fahrplan der Endlösung mit dem Ermordetwerden noch bis 1946 gedulden müssen.

Rasse, Religion, Kultur, Geschichte, Knoblauch, Vorhaut, Nase, Lippen, Zinswucher, Ethik, Pejes, Gebetsriemen. Ich weiß nicht, was ein Jude ist. Und seit ich in Israel so viele und grundverschiedene Freunde fand, weiß ich es noch weniger. Solche stillfrommen Juden, die ihr Leben lang Thora und Talmud in der Jeschiwa studiert haben, wissen es erst recht nicht. Sind die penetrant lauten links-zionistischen Muskeljuden in Israel noch Juden? Sie denken nicht darüber nach.

Das typisch Jüdische, was wäre denn das? Sollte es der

schöpferische Geist sein? Den haben auch andere. Ist es der Glaube an den einen Gott? An den glauben auch Mohammedaner. Oder ist es vielleicht die raffiniertere Form des Fremdenhasses: die Fremdenliebe? – Diesen Trick beherrschen die verrückten Christen noch besser als die meschuggenen Juden, denn sie wollen nicht nur den Fremdling achten, sondern sogar ihre Feinde lieben.

Ist es die politische Wendigkeit des deutschen Amerikaners Henry Kissinger, der auf manchem arabischen Schoß schuckelte? Haben die japanischen Bankhaie andere Zähne als der jüdischen Broker an der Börse in New York? Ist das Volk der Juden etwa eine Brutstätte für die Aufzucht naturwissenschaftlicher Genies, da doch die Nobel-Preis-Jury in Stockholm so auffällig viele Menschen aus diesem winzigen Volk auszeichnet? Ich denke, diese ganze Ideologie der aufkommenden Judenvergötterung ist ein After-Antisemitismus, ist der modernere Versuch, den Juden ihre Menschlichkeit abzusprechen. Erst sollten die Juden ein Ungeziefer in Menschengestalt sein und jetzt unmenschliche Übermenschen. Es sind zwei Seiten derselben Medaille. Ich glaube, ein Judenkind ist nicht besser, klüger und cleverer als andere Menschenkinder. Die philosemitische Form des Antisemitismus pocht ja auf all diese vermeintlich angeborenen Vorzüge der Juden, um diese Leute dann umso eleganter in die Moral-Pfanne haun zu können.

Immerhin eine Besonderheit kann ich klar erkennen: Das Gedächtnis der allermeisten Juden für die aufregenden Geschichten ihrer Geschichte geht tiefer als bei anderen Völkern. Die Geschichten des Alten Testaments sind für das jüdische Volk eine Art Familienalbum. Solche erbaulichen Märchen wie die Flucht durch das Rote Meer aus der Sklaverei in Ägypten werden den Kindern alljährlich zu Pessach so lebendig weitererzählt, daß sie selber noch nasse Füße kriegen.

Auch die nichtreligiösen Menschen Israels kennen die endlosen Klagen über die Bitternis des Exils in Babylon vor ein paar tausend Jahren. Wenn die Judenkinder ihren Karneval feiern, nämlich das Purim-Fest, dann wird mit einer naiv-blutrünstigen Freude der Sieg über den persischen Minister Haman gefeiert. Er wollte das ganze Volk der Juden vertilgen. Jedes jüdische Rotzlicht kann dir erzählen, wie toll es war, als die schöne Esther das Massaker abwendete und stattdessen ein Massaker an den Judenfeinden in Gang setzte. Alle zehn Söhne des gefürchteten Ministers wurden gleich mitgehenkt und dazu prophylaktisch mal eben 75000 Menschen erschlagen.

Die Erinnerung an die Katastrophen der Geschichte bleibt lebendig. Wenn die Juden sich mal eine neue Thora zusammenstellen würden, dann könnten sie Katzenelsons Poem ohne Problem zwischen die populäre Geschichte vom Hiob und das Buch Ester setzen. Und so ist auch »dos lied vunem ojsgehargetn jidischn volk« nichts als ein neues Element in der Tradition dieses lebendigen Geschichtsbewußtseins. Der Holocaust ist keineswegs eine neue identitätsstiftende Religion oder Ersatzreligion, wie sich goische Juden und jüdische Gojim im Feuilletonwald zuraunen.

Eine klare und treffende Anmerkung zu dieser diffusen Juden-Frage findet sich bei Hannes Stein. Er schrieb im Modestreit mit Michael Wolffsohn und Rafael Seligmann einen Satz, der nicht mit dem Papier einer Tageszeitung verschwinden soll.

»Entgegen einem landläufigen Vorurteil gab es zu keiner Zeit eine homogene jüdische Gemeinschaft. Die Juden bildeten immer nur eine heterogene Gesellschaft, die weder ethnisch noch kulturell zu definieren war. Zusammengehalten wurden sie nicht so sehr durch ›substantielle Werte‹ – die jüdischen Werte sind nicht substantiell, sondern universal. Was die Juden über die Jahrhunderte verband, war keine Heilsideologie, kein totalitärer gemeinsamer Nenner, sondern das gemeinsame Studium der Geschichte. Zu dieser Geschichte gehört auch der planmäßige und industrielle Mord an sechs Millionen jüdischen Frauen, Männern und Kindern.«

Aus allem, was ich von Katzenelson las und aus dem, was ich über ihn von Menschen hörte, die ihn kannten, geht hervor, daß er weiß Gott kein religiöser Mensch war. Wohl kannte er die biblischen Geschichten mindestens so gut wie mancher Rabbi und gebrauchte sie bestimmt lebendiger als allerhand bleiche Talmud-Schüler. Die religiösen Regeln seines Volkes waren dem Dichter geläufig wie das Luftholen. Jizchak Katzenelson war mit allen hebräischen Wassern gewaschen, seine Lieblingspropheten Hesekiël und Jesaia kannte er vorwärts und rückwärts. Er rezitierte bei mancher Gelegenheit und bis zu seinem Tode diese Texte mit einer Inbrunst, die verführerisch, begeisternd und ansteckend war. Aber ich glaube, der glaubte an keinen Gott. Er war mehr ein frühsozialistischer, ein linker Zionist. Dies zu erwähnen ist nur von Interesse, weil dieser Dichter dennoch eine gradezu zärtliche Liebe auch für fromme chassidische Träumer und versponnene Gottessucher hatte.

Juden hatten niemals den Ehrgeiz – auch nicht den indirekten –, andere Menschen zu ihrem Judengott zu bekehren. Toleranz gehört zur Substanz des jüdischen Glaubens. Diese grundsätzliche Duldsamkeit nach außen wirkt wohltätig auch nach innen. Mit Liebe und Respekt schreibt Katzenelson in seinem Poem über die orthodoxen Jidden. Katzenelsons Haltung war sogar mehr als nur Duldung. »Toleranz«, schrieb Goethe, »sollte eigentlich nur eine vorübergehende Gesinnung sein: sie muß zur Anerkennung führen. Dulden heißt beleidigen.«

Katzenelson war ein tief Gläubiger ohne Gott. Am Ende treffen wir uns alle wieder in der Liebe zu den Lebendigen. Auch meine ungläubigen Lippen beten immer noch voller Inbrunst zum Menschen, dem Gott all meiner Gläubigkeit. Diese Haltung fand ich wieder bei Jizchak Katzenelson, und sein wildverzweifeltes Gedicht bestärkte mich.

Für seine letzten Lebensmonate, in diesem elenden Zimmer 107, war es Katzenelson gelungen, sich wenigstens zwei Bücher zu besorgen: Eine Bibel und einen Band mit Gedichten des jüdischen Klassikers Chaim Nachman Bialik.

Als mir die alte Ruth Adler in Ramat Hascharon erzählte, mit welcher Seelenstärke der todtraurige Dichter damals in Vittel auf all die Verzweifelten wirkte, da kratzte sie aus ihrem Gedächtnis ein paar Zeilen hervor, die Katzenelson oft vor sich hinsang: hebräische Verse von Bialik, ein Liebesgedicht. Gab es eine feste Melodie? Ich habe mir aus den aufgeschnappten Wortfetzen ein kleines Lied gebaut.

Dies Lied werde ich der alten Frau zur Gitarre vorsingen, wenn wir wieder an ihrem Tisch unter dem Foto des Dichters zusammensitzen. Dort wird dann das neue Buch liegen, mit dem Faksimile der Koffer-Version, die sie seit damals nie wieder sah: vergilbte Blätter mit der Handschrift des geliebten Menschen. Und dann wird sie mein hitziges Deutsch lesen. Dabei könnte das vereiste Deutsch ihrer Jugendzeit in Dresden auftauen. Sie wird sich daran erinnern, wie Jizchak Katzenelson ihr in diesem Hotel mit dem irren Namen »Vorsehung« die neu entstandenen Strophen vorlas, und dann wird sie vergleichen.

Nimm mich

Nimm mich unter deinen Fittich, liebes Mädel
Mutter, Schwester, Schätzchen, halt mich fest
Schutzdach sei dein Flügel fur mein' Schädel
Für Gebete ohne Gott
  für Gebete ohne Gott
    sei du mein Nest

Wolf Biermann

Erster Gesang
Sing!

1
»Du, sing! greif die zerhackte, deine
nackte Harfe, singe doch
Schmeiß ins Gewirr der Saiten deine
Finger für ein Lied
Sing schmerzgebrochne Herzen.
Sing diesem Europa noch
Den großen Abgesang
von seinem allerletzten Jid«

2
Wie kann ich singen, aus zertretner Kehle
kommt kein Laut
Greul über Greul: nur ich
blieb übrig, ich allein
Wo blieb mein Weib, wo unsre beiden
Vögelchen, mir graut
Ich hör ein Weinen – meine ganze Welt
ist voll Gewein

3
»Sing! und erheb die Stimme, sing
mit Schmerz und Wut
Such! such, da oben, ob es IHN noch gibt und
seine Welt sich dreht
Sing IHM hoch oben seines letzten Jidden
letztes Lied: Der Jud
Gelebt, krepiert und ohne Grab
vom Wind verweht«

4
Wie soll ich singen mit erhobnem
Haupt. Mein Weib
Verschleppt mit Ben, mit Jomele
– der Jüngste war noch Kind
Aus meinen Lichtgestalten wurden
Schatten ohne Leib
Ich selbst bin schon ein Schatten,
kalt und blind.

5
»Ja, schrei ein letztes Lied in diese
Welt und wirf dein Haupt
In' Nacken, wende nicht von IHM
den Blick in deiner Not
Greif in die Saiten, sing: Dein Volk,
Gott, das dich glaubt
Ist abgeschlachtet. Alle, alle,
alle Juden tot.«

6
Wie singen! wie die Augen hoch
zum Himmel drehn
Erstarrte Tränen kleben mir
im Lid. Ich zerr
Die Tränen aus dem Aug und
kann nicht sehn
Ich kenn DICH nimmer, seh DICH
nicht, O HERR

7
»Sing dennoch! Hebe blind
zum Himmel auf dein' Blick
Als gäbs ein' Gott da oben,
wink ihm, wink
Als käm uns noch von dort und
leuchtete ein Glück
Hock auf Ruinen deines Volks, das
ausgerottet ist, und sing!«

8
Wie kann ich singen, da die Welt mir
wüste ward und öd
Wie kann ich spieln, seit mir die Händ
gebrochen sind
All meine Toten such ich, Gott!
auf jedem Müll wie blöd
In jedem Haufen Asche. Kinder,
sagt, wo ich euch find'.

9
Schreit auf aus jeder Grube,
unter jedem Stein
Aus Staub, aus allen Flammen,
schreit aus jedem Rauch
's ist euer Blut und Fleisch, drum
sollt ihr schrein
's ist euer Lebensmark, drum
schreit! Schreit laut!

10
Die ihr verfüttert wurdet, schreit
aus Fischen in dem Teich
Aus dem Gedärm der wilden Tiere
wehklagt, Groß und Klein
Im Kalk, mein abgeschlachtet Volk,
schrei los! jetzt gleich
Ich brauche dein Gebrüll am Spieß,
hilf mir mit deinem Hilfeschrein

11
Schrei nicht zum Himmel, der ist
taub wie Dreck im Erdenloch
Nicht tauben Ohren predige, ach und
zur Sonne schreie nicht
Auslöschen möcht ich sie. In dieser Mördergrube
braucht es doch
Gar keine Lampe, denn in meinem Volk
leuchtet das hellste Licht

12
O zeig dich mir, mein Volk, beweise dich!
Die Händ streck aus
Den Massengräbern, kilometerlang!
Und dicht an dicht
Vom Kalk verbrannt, ihr Toten, kommt
herauf, kommt raus
Die Untersten zuerst, kommt alle
wieder, Schicht um Schicht

13
Kommt alle, von Treblinka, Auschwitz,
Belzec, von Ponar
Von Sobibor, mit aufgerissnen Augen
kommt, macht los!
Ich will, daß Euer stummes Schrein zu
einem Schrei erstarr
Im Schlamm, im Sumpf versunken und
in faulem Moos

14
Kommt, ihr Verdorrten, aufgerieben und
zermahlt, lauft los!
Macht einen Kreis um mich!
Rück weiter, rück!
Komm, Opa! Oma, Mama mit dem
Kindchen aufm Schoß
Nun seid ihr Dünger, Knochenmehl
und Seifenstück

15
Ich muß euch alle nochmal
anschaun. Grade drum
Kommt alle, denn ich muß euch spürn.
Ich muß ja und ich will
Mein Volk sehn, ausgerottet, letzter
Blick, versteinert, stumm
Ich singe ... gib die
Harfe her ... ich spiel!

[3., 5. X. 43]

Zweiter Gesang
ICH SPIELE

1
Ich spiele. Ja, ich hockte auf dem
Boden, meine Harfe klang
Todtraurig: Um mich rum ein
ganzes Volk, das meine, ach!
Die umgebrachten Juden standen da und
lauschten dem Gesang
Millionenmal ein Mensch: ein
einzig Leid, millionenfach

2
Ein Haufen Volks. Dies Feld voll
Knochen, wie's Hesekiël
Einst sah, ist nur ein Häuflein im Vergleich.
Und sicherlich
Hätt der nicht fromme Sprüche
abgesondert noch geredet viel
Vor all den Toten hier, er hätte seine
Händ gerungen, so wie ich

3
Wie ich verwirrt – verstört wär der Prophet,
er hätte schief
Den Kopf gehoben, irre in des Himmels
wüstes Grau geäugt
Und hätte seinen Kopf dann hängen lassen,
tief tief tief
Ein Stein, auch er stünd da versteinert,
stumm und erdgebeugt

4
Hesekiël, du Jid, hast angegafft im
Tal von Babylon
Verdorrte Knochen unsres Volks.
Mit deiner Prophetie
Hast du dich treudoof
führen lassen von dem hoh'n
Gebieter. Doch heut stinken deine
Worte mir wie böse Ironie

5
Von wegen neues Fleisch auf alte
Knochen, die Verheißung trügt
Du weißt ja selber nicht, was wird,
weißt weder Ja noch Nein
Was bleibt von deiner
Auferstehungs-Prophetie. Sie lügt!
Nichts bleibt von unserm Volk,
nicht einmal das Gebein

6
Kein Knöchelchen, auf das noch
Fleisch möcht wachsen oder Haut
Und nichts, wo Gott reinblasen könnte
neuen Lebensgeist
Sieh doch! mein ausgelöschtes Volk,
es ist verbrannt, es schaut
Mich an mit starren Augen, so, als
wärn sie in der Glut vereist

7
Zähl die Millionen Schädel, Finger zeigen auf
mich. Gott, mir grinst
Der Tod. Gesichter, Lippen, im Gebet erstarrt,
im Schrei. Walpurgisnacht
Der deutsche Hexensabbat fegte
alles weg. Ein Hirngespinst
Warn all die Juden offenbar. Ich hatte mir
mein Volk bloß ausgedacht

8
Es ist nicht da und wird auf dieser Erd auch
nie mehr leben, bloß
Ein Phantasiegebilde war das Judenvolk.
Doch alle seine Qual
Die Wunden allerdings sind nicht
erfunden, die sind groß
Das Massaker ist echt, und unser Blut
fließt fürchterlich real

9
Schau her! Sieh, weit und breit stehn alle
alle um mich rum
Und stiern mich an, ein Schauder
schüttelt meinen Leib
Sie sehn mit meiner Söhne
Augen, Ben und Jom
Sie starren stumm mit
Schwermutsblicken wie mein Weib

10

Mit seinen Augen groß und blau,
mein Bruder Berel, da! Allein!
Ich seh es ja, die Frage steht ihm
bang im Angesicht
Sein Blick sagt alles, ach, er sucht,
sucht seine Kinderlein
In dem Millionenheer . . .
ich sags ihm lieber nicht

11

Verschleppt ist auch mein Chanele,
Gott weiß wohin
Und unsre beiden Söhnchen
mit ihr mit. Jedoch
Wo Zvi blieb, ahnt die Ärmste
nicht, noch wo ich bin.
Sie weiß nicht, was mein Unglück ist:
ich lebe noch

12

Sie starrt mich an. Das ganze
Volk starrt stumm
Als säh es durch mich durch
und sieht mich nicht
Dein Schweigen sagt so viel,
komm, Chana, komm
Ich bitt dich: höre meine Stimme,
du! erkenne mich

13
Mein Benni, Frühgeniechen,
du verstehst es mühelos
Des letzen Jidden letztes Klagelied.
Und du mein Licht
Mein Jomele, mein Trost, wo blieb
dein Lächeln bloß?
Ich bitt dich: Jom, nein lächel,
lächle lieber nicht

14
Dein Lächeln schreckt mich so wie
meins, Klein-Jom
Hör lieber den Gesang.
Ich werf mein Herz
Wie eine Hand auf meine Harfe.
Schlimmer komm
– es soll ja weh tun! – komme
über mich, du Schmerz

15
Was Jecheskel. Was Jirmijahu. Ich
brauch euch nicht. Laßt sein
Umsonst hab ich geschrien, gewartet:
Ach, ihr . . . prophezeit
Statt daß ihr einem helft. Ihr haut mich
nicht mehr raus hier, nein
Ich sing im Schmerz mein letztes Lied
und geh kaputt im Leid

[15. X. 43]

Dritter Gesang
Ihr Tage meines Leids

1

Leid! Weh und Schmerz in mir. Ihr Juden
drüben überm großen Teich
Ihr Überlebenden, ich gönn's euch.
Wohl euch! und lebt wohl
Ihr wißt von nix. Doch kennt ihr
dermaleinst mein Leid, sogleich
Wird es verdüstern eure Welt, ihr
werdet eures Lebens nimmer froh

2

Leid, warum wütest du so wild in mir,
du treibst es bunt
Wo willst du hin? Beißt du dich
tiefer ein? Läßt du mich los?
Schmerz, du, verlaß mich nicht, du sollst
noch wachsen. Wachse und
Sei stille, denn du bist in meiner Brust ja
so schon viel zu groß

3

Du Schmerz! weil du so gierig dich wie'n
Wurm mit ekler Lust
Im Grab blindwütig durch mich
durchfrißt, Wahnsinnsschmerz
Sei stille wenigstens, stör du mir meine Toten
nicht in meiner Brust
Sie schlafen da, leg dich dazu und
stör sie nicht in meinem Herz

4
Ani hagewer? Von wegen starker Mann.
Der Schwachheit sah ich zu
Stand wie gelähmt, als meine Leut: Greis,
junge Frau mit Kind im Arm
Auf Karrn wie Kleinholz flogen und wie
Steine in' Waggon, dazu
Noch frech beschimpft, verspottet und
geprügelt ohn' Erbarm

5
Beobachtet hab ich die Büttel.
Hinterm Fenster stand ich da
Die Prügler, die Geprügelten hab ich
und hilflos angegafft
Ich krümmte mich vor Scham. O
unsre Schande, das ist wahr:
Man hat ja auch mit Hilf der Juden
all die Juden weggeschafft

6
Getaufte Juden, Stiefel blankgewichst.
Kein Stück sentimental
Auf ihren Mützen sahn die Davidsterne
schon wie Hakenkreuze aus
Die konnten nicht mal richtig Jiddisch, mies!
sie stießen uns brutal
Die Treppen runter, zerrten die Versteckten
aus der Wohnung raus

7
Wer brach mit Knüppeln Türn auf, die
verrammelt waren? Sie!
Das taten Juden Juden an und spien
Gott in das Angesicht
Ob jung, ob alt – sie trieben uns
in die Waggons wie Vieh
Sie brüllten: Ab ins Gas! Und so
besudelten sie Gottes Tageslicht

8
Sie zerrten uns aus Schränken,unterm
Bett vor, hab'n geflucht:
Auf gehts! zum Umschlagplatz! in die
Waggons! und ab, in' Tod!
Und nebenbei hab'n sie nach Kleidern und
nach Schmuck gesucht
Die letzte Kumme Brei hab' n sie gekrallt,
den letzten Krümel Brot

9
Schau auf den Platz, wahnsinnig macht
der Anblick, traurigtoll
Die Gassen alle ausgestorben und sind
doch voll Krach dabei
Rauf, runter, alles leer. Und trotzdem
ein Gewimmel. Übervoll
Die Karrn voll Juden, ach, ein
einzig Ach – und Wehgeschrei

10
Karrn voll mit Juden, ich verrenk die
Hände, rauf mein Haar
Die Schweigenden – ihr Schweigen ist
der schrillste Schrei
Ihr Blick spricht Bände: Ist das hier ein
Alptraum, ist es wahr?
Und drumherum, o Schande:
stiefelstramm die Judenpolizei

11
Der Deutsche steht daneben, grinst
und hält sich lässig raus
Weh mir! der Deutsche lacht und
strengt sich nicht groß an
Die Dreckarbeit tun wir für dieses Pack,
wir rotten selbst uns aus
Schau, Pferdewagen vollgestopft,
schau dir das Elend an

12
Ich sah die Karren vollgepackt vom
Fenster aus und hab gehört
Wehklagen wild gen Himmel, wüstes
Schweigen und Gestöhn
O Todeskarrn mit eurer Ladung aus
Lebendigen. Das Pferd
Verflucht, es zieht wie's soll, es macht,
daß sich die Räder drehn

13
Verrückte Pferde, warum laßt ihr so
bedrückt im Elendstreck
Die Köpfe hängen? Räder, sagt,
warum ihr euch so traurig dreht?
Die zarten Töchter, gut geratne
Söhne schleppt ihr weg
Als ahntet ihr es schon, wohin
die große Reise geht

14
Und wüßtet ihr, was läuft, ihr hättet
wild gewiehert, euch gestellt
Auf eure Hinterfüß. Die Vorderbeine
würdet ihr im Zorn
Wie Menschenfäuste schütteln,
ohne Furcht vor dieser Welt
Und diese Räder drehten sich
nicht einen Meter mehr nach vorn

15
Sie ahnen nix, fahrn brav die Biege
Nowolipkigasse ihren Weg
Zum eingezäunten Umschlagplatz.
Dort wartet schon schön leer
Der Zug. Waggons, sie schaffen uns
weit weg, weit weg
Und kommen morgen leer zurück.
Ich will nicht, kann nicht mehr.

[22. x. 43]

Vierter Gesang
SCHON WIEDER DIE WAGGONS, DA SIND SIE

1

Ich will nicht. Furcht und Schrecken.
Das Entsetzen macht mich wild
Schon wieder die Waggons. Grad
gestern abend weg, heut wieder hier
So stehn sie auf dem Umschlagplatz,
siehst du ihr offnes Maul? Ein Bild
Wie lauter aufgerissne Rachen. Dieser
Zug ist wie ein Tier

2

Gefräßig sind all die Waggons und
furchtbar nimmersatt. Gelabt
Hab'n sie sich an dem Judenfraß, sie
knurren: Her damit, her! her!
Heißhunger haben die Waggons, als
hätten sie noch nix gehabt
Sie wollen Juden fressen. Mehr!
Und mehr und immer mehr

3

Sie kriegen ihren Hals nicht voll am
reich gedeckten Tisch
Her mit den Jüdlein, rülpsen sie, wir haben
Hunger! Los, schieb rein!
Vom alten Volk das junge Judenfleisch,
schön zart und frisch
Vom alten Rebstock Trauben trinken:
starken alten Judenwein

4
Es ist ein Menschenfreß-Bankett,
ein Schlürfen und Geschmatz
Sie kriegen alles reingestopft und kriegen
nie nie nie genug
Waggons, Waggons: Raubtiere
auf dem Umschlagplatz
Dumm, blutfraßgierig steht er da,
der elend lange Güterzug

5
Grad noch warn alle vollgestopft mit
Menschen, schief und krumm
So standen Juden Tag und Nacht
erstickt und eingeklemmt
Entleibt in Leiber eingepfercht. Die
Leichen fielen gar nicht um
Nicht auszumachen war, ob da
schon einer tot ist oder pennt

6
Und auf die Toten troff der Angstschweiß
von den Lebenden herab
Und mancher wackelt mit dem Kopf,
grad so, als wär er nicht
Längst kalt. Ein Kind fleht seine tote
Mutter an: Gib mir was ab
Ein Schlückchen Wasser nur! und
patscht der Mama ins Gesicht

7
Ein schwaches Kleines schläft bewußtlos
an des Vaters Brust
Noch lebt es, dämmert vor sich hin und
hält noch immer aus
Sein starker Vater ist schon hin. Und trotzdem
fordert es: Du mußt
Jetzt losgehn! Tate, bitte bitte
bitte bring mich raus!

8
In einer andern Ecke im Waggon,
was ist da los, Mensch was?
Das kann nicht sein! Das ist ja Selbstmord!
so ein Luftikus!
Dem Jungen ists gelungen, da!
Der sprang ins Bahndammgras
Und die ihn springen sahn, sie lächeln müd.
Schon fällt ein Schuß

9
Da hüpft so'n Kleiner raus, das ist der
sichre Tod. Was macht
Das heilge Judenvolk? Es lächelt,
lacht stumm in sich rein
Was freut ihr Euch so kindlich. Der
Ukrainer schießt vom Dach
Ja, ja, der Junge hats geschafft, tot oder
nicht, sich selber zu befrein

10
Und wenn schon, eine Kugel wolln hier
alle im Waggon. Es steht
Nicht schlecht um den da, lieber sterben, frei
auf freiem Feld, als . . . tja
Als was? Wo geht die Reise hin? In was fürn
Tod? Laß das Gebet
Für jeden, dem jetzt heiß ist, gibt es
eine kühle Grube da

11
Ihr vollgefressnen Viehwaggons, so voll
wart ihr und seid nun leer
Zehntausende, penibel abgezählt und
ordentlich im Zug verplombt
Wohin habt ihr das Judenvolk verfrachtet?
Gibts 'ne Wiederkehr?
Los, sagt mir, ihr verdammten Kisten,
sagt, woher ihr kommt!

12
Vom Jenseits kommt ihr her. Ich merk:
Es ist nicht mal so weit
Beladen rast ihr durch die Nacht,
ein kleiner Aufenthalt
Und leer zurück. Was hetzt euch so?
Was läßt euch keine Zeit?
Ihr geht, wie ich, noch früh genug zu
Bruch, grau, klapprig, alt

13
Wie haltet ihr das aus! Ihr seht das Elend,
hört die Todesschreie – bloß
Warum schreit ihr nicht: Hilfe? Etwa weil ihr
Eisen seid und Holz?
Ach Eisen, du schliefst auch mal schuldlos
in der Mutter Erde Schoß
Und Holz, du warst mal'n guter Baum, so
harmlos hoch und stolz

14
Doch jetzt, ihr Güterwagen, schaut ihr zu,
wie unser höchstes Gut
Dermaßen elend abkratzt. Zeugen seid ihr
für die Schmerzen, all die Not
Sagt, warum seid ihr so verschlossen, los!
verratet mir die Route
Sagt mir die Wahrheit: Geht die Reise
mit euch in den Tod?

15
Ach Unsinn, ihr habt keine Schuld, ich weiß,
man schickt euch los
Was gehts euch an? Nichts nichts, ihr pendelt
halt mal voll, mal wieder leer
Von dieser Welt in jene Welt. Ihr guten
Räder, sagt mir bloß
Die Wahrheit ganz. Ich halt sie aus.
Dann wein ich auch nicht mehr

[26. x. 43]

Fünfter Gesang
Die Sitzung im Gemeinde-rat wegen der Zehn . . .

1

Erzählt, erzählt, Waggons, ihr habt zu der
Beerdigung ja hingekarrt
Verfluchte Leichenkisten – ihr! die
Menschen bei lebend'gem Leib
Ach und ihr Toten habt die Lebenden
begleitet auf der letzten Fahrt
Als Antwort kommt von diesen Kisten nur:
Laß! laß die Fragerei

2

Erzählt, erzählt. Ich weiß Bescheid von
Anfang an. Trotzdem, ich frag
Sah die Bekanntmachung vom Judenrat
gezeichnet. Klar, es war ein Muß
Nur auf Befehl. Ein Lieferschein: Wir liefern
sechs mal tausend jeden Tag
Ich kenn den Anfang, aber ihr, Waggons, verflucht,
ihr kennt den Schluß

3

Erzählt, ich kenn den Anfang, der nicht
alles ist. Erzählt vom End
Laßt euch nicht störn von mein'm Geheul,
erzählt! und ich halt ein
Und höre stille zu. Geschlagen bin ich
wie ein Fels, der flennt
Erzählt schon! und dann fließen mir
nur ein paar Tropfen aus dem Stein

4
Erzählt, erzählt! Denn wenn ihr schweigt,
dann pack ich selber aus
Ich seh ja, was ich seh. Und wein mir
meine Augen blind
O Särge, ihr verschwiegnen Kisten,
rückt doch mit der Wahrheit raus
Ihr wißt, wieso aus sechs dann
zehn mal tausend Stück geworden sind

5
Vorgestern noch, da habt ihr nur
sechstausend Juden weggeschafft
Zum Sterben. Gestern aber zehn! 'ne runde
Zehn und Gott bewahr
Es darf kein Härchen fehln, der
Deutsche ist gewissenhaft
Was für 'ne Steigerung! von sechs auf
zehn. Hört, was geschah:

6
Blutbestien kamen reingestürmt in'
jüdischen Gemeinderat
Zu Czerniaków, dem Ältesten vom
Vorstand. Und sie brüllten los:
Sechstausend sind zu wenig! Zehn,
wir brauchen zehn pro Tag
Du lieferst zehn ab jetzt. Und zwar
mit deiner Unterschrift, schön groß

7
Die kommt noch heut auf ein Plakat
fürs Ghetto: Morgen wolln wir zehn.
Befehl: Ab morgen zehn! So schrien sie rum
und stampften wieder raus
Blaß sackte er zusamm' im Sessel vor dem
grünen Tisch. Wie soll das gehn
Mit meiner Unterschrift. Nun ja: sechs oder
zehn, was macht das aus?

8
Czerniaków, Du großer Macher, alter
Adam, frißt der Schweinehund
Dein Herz? Zehntausend oder sechs,
kein großer Unterschied, du meinst:
Egal? Es klopft. Warum schickst Du
die Sekretärin raus? Der Grund:
Du willst nicht, daß sie merkt, woran du
kaust und weinst und weinst

9
Ach laß dein Weinen! Nein, du bist kein
Unmensch, unter uns gesagt:
Du bist noch fast ein Jud. Du haderst um die
Zehn? Mensch, sei ein Mann
Schlag dir die Brust nicht, laß das
Bußgebet, nimm Gift! Gleich fragt
Der ganze Judenrat nach dir, hier im Büro,
tja und was dann?

10

Der Jud in dir ist längst verreckt, drum töte
auch den Rest, nimm Gift!
Uns Juden bringt man um. Sich töten lassen
kostet noch mehr Kraft
Als jeder Selbstmord, trink schon, wasch den alten
Adam ab. Es trifft
Dich wenigstens die Schmach der Taufe nicht.
Trink! und du hast's geschafft!

11

Was soll schon wer'n? Willfährig fügen sich die
andern auch im Judenrat
Die funktioniern wie du. Das läuft pro forma:
Zehn? zu Diensten: Zehn
Die gleiche Seelennot, die einer so wie Du bei
sechs mal tausend hat
Der gleiche Zweifel frißt wie'n Wurm in
ihnen. Wart, du wirst es sehn ...

12

Nichts sieht er. Er ist tot, der Alte,
sitzt im Sessel, seltsam schief
Den Kopf geneigt, die Augen zu im offnen
Antlitz. Schau, er präsidiert
Die Männer kommen alle zu der
Sondersitzung, die er einberief
Sie klopfen an, und nochmal. Nichts.
Was ist? Er hat uns doch zitiert

13
Dann kam es ihnen vor, als ob von
drinnen jemand rief: Herein!
Tja, denkste! Tot! Ein Toter saß da auf dem Sessel
mit 'ner irren Disziplin
Czerniaków tot. Du unser Allesmacher und
-bestimmer, was wird sein ...
Was soll's – nun sind wir grad komplett
– wir machen Sitzung ohne ihn

14
Was jetzt? Ans Telefon? Die kriegen Wut!
Wer weiß, der Fall ist delikat
Die werden uns ... Wir sagen nichts von seinem
Tod. Es lebt die Leich
Die Sitzung läuft normal, sie wollen zehn?
Dann eben zehn. Der Rat
Nahm Platz am grünen Tisch, die Männer,
alle, hockten still und bleich

15
Den Vorsitz führt der tote Chef. Er dirigiert,
wie er es immer tat
Die Diskussion. Zu Berge stand das Haar den
Männern, und ihr Blut gefror
Und wer das Wort ergriff, dem
flatterte die Zunge da im Judenrat
Der Tote aber lenkte diese Sitzung
straff, genauso wie zuvor

[29. x. 43]

Sechster Gesang
Die Ersten

1
So gingen zehn pro Tag, zehntausend Juden
täglich. Doch bald hat
Es nicht gereicht, es mußten fünfzehn sein.
Ach Warschau, das tut weh
Wie da die Stadt der Juden eingemauert
vegetierte hinter Stacheldraht
Vor meinen Augen ging's zugrund, ging ein,
schmolz hin wie Schnee

2
Ach Warschau, Stadt der Juden, ein
Gewimmel war das einstmals, Jom Kippur
Ein endloses Versöhnungsfest mit Beten,
Streiten, Handeln in der Synagog
So traurigfroh war alles, einer suchte Geld, ein
andrer Jude suchte nur
Nur Gott und suchte Wahrheit, wenn er
sich was in die Tasche log

3
Jetzt bist du leer von all dem Leben, ausgehöhlt,
so gottverlassen leer
Ein wüstes Gräberfeld, die Stadt ein
einzig Grab, ein umgestoßner Stein
Die Straßen sind wie ausgestorben, nicht mal
Leichen sieht man mehr
Die Häuser offen, doch kein Mensch kommt
raus und keiner geht noch rein

4
Zuerst warn Kinder dran mit Sterben.
Waisenkinderchen, verlaßne Brut
Sie warn das Liebste, Schönste, was die finstre Erde
je gebar. Aus ihrem Angesicht
Aus diesen Waisenkindchen hätte uns
erwachsen können Lebensmut
Aus diesen traurigdüsteren Gesichtchen hätte uns
gestrahlt ein Morgenlicht

5
Ich kam so Ende Winter Zweiundvierzig in ein
Kinderheim, da sah
Ich Kinder: aufgelesen, grad gebracht.
In einer Nische hab ich still verharrt
Da hatte 'ne Erzieherin ein Mädchen auf dem Schoß,
war kaum zwei Jahr
So mager, leichenblaß, todernste Augen,
diese Kleine hab ich angestarrt

6
Und sah: dies Kindchen war uralt, 'ne Greisin!
Hundert Jahr und keine zwei
War dies Gesichtchen, eingekerbt die Qual,
der Ernst des Lebens: alle Todespein
Was ihre Oma sich nicht träumen ließ, sah dies Kind
schon in Wirklichkeit. Dabei
Hab ich geheult und dachte: Geh du nur zum
bittren End, bald wird dir besser sein

7
Der schwarze Ernst bricht ein in diese Welt,
er macht das Leben furchtbar tief und rein
Der Schmerz, der jüdische, macht nüchtern, wach,
die schmalsten Augen macht er weit
’s ist wie ’ne Thora für die Welt, ’ne Prophetie,
’ne Heilge Schrift. Jizchak, halt ein
Mit Weinen. Achtzig Millionen Mörder wiegen
weniger als eines Judenkindes Leid

8
Nein, weine nicht. Ich sah ein Mädelchen im Heim,
knapp fünf. Hör, was sie tat
Sie fütterte ihr elend magres Brüderchen. Es
wimmert, und die Kleine nimmt
’ne trockne Krume, tunkt das Brot in
Marmeladenplörre. Reingezaubert hat
Sie ihm ins Mäulchen Stück um Stück . . .
Und mir, mir war’s bestimmt

9
Das anzusehn: ’ne kleine Mutter, fünf, und füttert,
redet ihrem Kind gut zu. Ich traf
Es mit der meinen auch nicht schlecht, doch die war
nie nicht so erfindrisch souverän
Die hier wischt ihm ’ne Träne weg, lacht,
schuckelt ’s Brüderchen selig in’ Schlaf
Scholem Alejchem dichtete kein schönres Bild.
Ich aber habe es gesehn

10
Mit eignen Augen sah ich all das Elend in dem
Kinderheim, ich drückte mich mit rein
In einen andern Saal, auch dort sah ich, wie
weh den Kleinen große Kälte tut
Von abseits warf ein Ofen auf ein Häuflein
Kinderchen sein' Flammenschein
Halbnackig standen diese Kleinen da am Koks
und wärmten sich an seiner Glut

11
Koks glüht.Und manches streckt verfrorn
sein Füßchen hin, das Händchen vor
'ne nackte Schulter. Und ein blasses Jungchen
schwarze Augen, steinealt
Der hat erzählt, ein Märchen. Nein, er hat
gewettert, und ich war ganz Ohr
Jesaja, du hast nie gebrannt wie der und hattest
niemals diese Sprachgewalt

12
Halb Jiddisch, heiliges Hebräisch halb. Nein
jedes Wort war heilig. Grandios
Hör hin, sieh eines Juden Augen, diese Stirn,
und wie er hebt sein Haupt
Ach du, Jesaja, nie warst du so klein wie dieser
Kleine, nimmer auch so groß
Warst nie so gut und wahr, Jesaja, und du hast auch
niemals so geglaubt

13
Wie dieser Knabe, nie gepredigt so wie dieses
Jungchen in dem Heim, dem nur
Paar Schwesterchen und Brüderchen mit offnen
Mäulern lauschten. All
Ihr Länder in Europa, alte Städtchen oder
Metropolen – Menschlichkeit so pur
So wunderbare Menschlein sah die Welt noch
nie und trug auch nie der Erdenball

14
Sie warn als erste dran. Die Judenkinder kamen
alle um, die allermeisten da
Vater- und mutterlos, gefressen wurden sie von
Kälte, Hunger, von die Läus
Erlöser warn die Kleinen, leidgeheiligt, Gott,
für wessen Schuld? Die mußten ja
Im Untergang als erste zahln, wofür?
Und warum diesen höchsten Preis?

15
Als es ans Sterben ging, warn sie die ersten. Als der
Tod zu seinem Schlachtfest fuhr
Warf man auf Wagen sie, wie'n Haufen Dreck.
Die Ärmchen schwach, doch stark
Die Seelen. Weggeschleppt und feige umgebracht,
blieb nicht die kleinste Spur
Von meinen Liebsten. Weh ist mir, wund bin ich
und verwüstet bis ins Mark

[2., 3. X, 4. XI. 43]

Siebter Gesang
Zu spät

1
Weh mir, ich roch es, wie die Nachbarn auch.
Kein Jude war dermaßen dumm
Wir alle, ganz egal, ob groß ob klein, alt, jung,
wir haben alles halb gewußt
Kein Sterbenswort. Und jeder dachte dran,
trug den Gedanken mit sich rum:
Bloß nicht dran denken! Jeder trug das
offene Geheimnis heimlich in der Brust

2
Schon eh der Abschaum uns in Ghettos pferchte,
ich erinnere mich klar
Bevor es Chelmno gab, vor Belzec noch und
vor Ponar, lang vor dem End
Bei Kriegsbeginn wars so: Man traf wo auf der Straße
einen Freund. Schon da
Schlug unsereins die Augen nieder, drückte sich
bedeutungsschwer die Händ

3
Kein Blick, die Lippen stumm. Die Augen hatten
Angst und schauten gar nicht hin
Und dennoch: Augen sprechen ihre eigne Sprache,
sagen, was das Herz nur ahnt
Die stummen Hände aber haben ohne Scheu
das schlimme Ende ausgeschrien
Ein Menetekel malten sie. Das Unheil droht:
die unsichtbaren Worte an der Wand

4
Und nicht nur wir, es wußte jede Haustür.
Alles merkte jeder Straßenstein
So gut wie wir. Woher sie's spürten, fragst du:
Wer hat's ihnen groß geklagt?
Sie haben halt das alles selbst mit angesehn.
Erschüttert waren sie von unsrer Pein
Kein Wunder, denn die Steine sahn ja, wie wir
Steine wurden, stummverzagt

5
Wir alle ahnten alles, wie die Fisch im Wasser, wie
die Spatzen auf dem Dach
Die Gojim um uns rum, sie wußten, daß man uns
abschlachtet ohne Sinn und Zweck
Warum? Wofür? Was tun? Was lassen? Es war
längst hoch oben ausgemacht
Egal, ob klein, ob groß, das ganze Volk der
Juden sollte und für immer weg

6
Warum bloß kam mit seiner Mordlust, seiner
Kriegsgier dieser Hitler her
Warum fiel der Barbar mit seinen Horden ein in
Poln und trieb uns Juden fort
Aus Städten und vertrauten Städtchen? Wo wir
lebten, gibt es uns nicht mehr
Man jagt die Kinder, und man treibt die Alten
raus aus ihrem eingesessnen Ort

7
Wir fliehn auf und davon. Frag bloß kein' Jud,
wohin man all die Juden karrt
Frag nichts. Sei froh, wenn du nicht weißt: Frag kein
Warum, kein Was, kein Wie
Gib keinem Eizes, rate keinem ab noch zu, ob er
in seinem Haus ausharrt
Ob er mit all den andern lieber auf Transport geht,
hilflos wie ein Vieh

8
Sie brechen in die Wohnung ein, und
sie verüben grinsend jeden Greul
Sie metzeln kleine Kinder, schwache Fraun.
Die haben wirklich Mumm
Im Tiefflug rast die Messerschmitt den Zug entlang,
ein tödliches Triumphgeheul
Mit dem Maschin'gewehr legt so ein Fliegerheld
paar eingepferchte Juden um

9
Gib keinen Rat an keinen, nicht dem nahen
Freund, dem allernächsten nicht
Auch wenn er noch so fleht, auch wenn sein
Bettelblick dein Herz anrührt
Er fragt: Was tun? – Du aber schweig! und wärs
Gott selbst, der aus dir spricht
Halts Maul, weil jeder Rat ja falsch ist und
in irgendein Verderben führt

10
Es ist, als ob die Wege, alle Straßen und Chausseen
zusammenbrachen. Diese Last
Die jüdische, wiegt mehr als alle Säcke auf dem
Nacken, alle Beutel in der Hand
Gerannt sind wir, beladen schwer mit Ängsten,
ohne alle Hoffnung und in Hast
Wo gibt's noch irgendwo ein Loch, wie
rettet man sich in ein andres Land!

11
Zu spät. Was tun? Vorgestern, gestern noch,
heut früh noch hätt's geklappt
Im Zug, mit Laster, Autobus, auf Straßen, die
zu irgendeiner Grenze führn
Zu spät. Was nun? Die Hände wie gelähmt,
die Füße sind wie abgehackt
Das letzte Schlupfloch ist verstopft, und
fest verrammelt alle Tore, alle Türn

12
Im Radio gabs eine Rede, polnisch sprach da'n
Deutscher dies: Jetzt gehn
Wir los, wir kommen. Wir marschieren ein.
Doch kein Angst – alles wird gut
Der polnischen Zivilbevölkerung, die Ruh und
Ordnung hält, wird nichts geschehn
Doch zittern muß vor uns - und das hat er gebrüllt –
nur einer: nur der Jud

13
Das war ein Mittwoch. Schwarzer Mittwoch gegen
zwei Uhr in der Nacht
Die Juden machten sich verzweifelt auf den Weg.
Jedoch: Wo weg? Wo hin?
Ich sag dir, sicherer als wir und freier geht ja
jeder Kämpfer in die Schlacht
Auf dieser miesen Erde könnt man wahrlich
besser sterben, und es hätte Sinn

14
Man floh von Bendzin nach Tschenstochau, und
nach Lodsch aus Kalisch raus
Von Lodsch nach Warschau, die aus Warschau
flohn und krochen sonst wo rein
Wildfremde Juden fieln einander um den Hals in
fremder Stadt, in fremdem Haus
Ach und die Angst, vor der wir flohn, die
holte uns an jeder Ecke wieder ein

15
Das ganze Volk, egal, ob Dableib-Eiferer, ob
Mann vom Bund, ob einer schwatzt
Als frommer Heuchler oder Zionist, der mir mit
Phrasen auf die Nerven geht
All unsre Lumpenhändler, plötzlich rafften sie sich
auf, die Wunde war geplatzt
Hilf, Erez Jisroel, zu Hilfe! Rette uns! ...
Umsonst. Zu spät

[7.–12. XI. 43]

Achter Gesang
Verheertes Heim, zerstörtes Haus

1

Zu spät. Verrammelt alle Wege, die Passagen
zu und alle Grenzen dicht
Die Erde in der Tiefe ist für uns versperrt, ach
und der hohe Himmel auch
Manch einer kam mit Schrecken bis Lublin,
wie aber weiter, weiß er nicht
Wir rennen – und der Tod, er holt uns ein,
mit Blut, mit Feuer und mit Rauch

2

Und wer da lief, entlief noch lange nicht. Und
wer entkam, der hat halt Glück
Und wer mit wunden Füßen an ein Ziel gelangt,
der spürt: Das ist gar keins
Stiert wildverzweifelt rum, er möcht am End nur eins:
Zurück, nichts als zurück
Zurück nach Haus – mag kommen was da will –
möcht in ein Bett, in seins

3

Das ganze also kehrt! zurück, den gleichen
Elendsweg retour, mein Gott!
Nochmal durch diese Höllen, alle Ängste,
Schauder, Fährnisse nochmal
Geschafft! Zu Haus. Gut, sagst du, ich krepier
doch lieber in der eignen Stadt
In meiner Straße, meiner Wohnung, denn
in meinem Bett ist es die halbe Qual

4
Manch einer hats geschafft, und mancher leider
nicht auf seiner Flucht zurück
Ob unterwegs, ob einer ankam, durchkam oder
nicht – schlecht ging es aus
Ob da ein Mensch verfaulte im Gebüsch, ob er
im Baum hing mit dem Strick
– es war ein Jud. Nach Hause gehn heißt Sterben,
anders gibt's gar kein Zuhaus

5
Und sehen lassen darf er sich nicht in sein 'm
Kietz, in seiner Wohnung nicht
Gefahndet hat nach ihm ein strammer Volks-
deutscher, der grad noch Pole war
In einer Seitenstraße läuft ihm übern Weg ein Freund,
der bös erschrickt und spricht:
Du? Hier? Ich dachte, du bist längst gerettet, auf
und davon, was bist du wieder da?

6
Unsre Rabbiner leiden Todesqualn. Die Betstuben, die
Thora-Rollen sind verbrannt,
Hast schon gesehn, die Synagoge? An der Ostwand
stand die Bundeslade, weißt du ja
Die Bima in der Mitte, um das Thora-Pult rennt
unser Rabbi, du hast ihn gekannt
Den Rabbi Jossele, ihn peitscht ein deutscher Deutscher
um die Bima rum, sieh da

7
Reb Jossele, das kleine Männel, hält den Kopf hoch,
aber ach, sein Leistenbruch
Er windet sich im Kreis und stolpert und stürzt hin.
Und immer, wenn ein Hieb
Sein' Buckel trifft, dann johlt das Publikum, das
deutsche, und kriegt nicht genug
Erheb dein lichtes Antlitz, Rabbi, und beschäme
dieses Pack. Nein, laß! Nein, gib

8
Den Schein von deinem Heiligengesicht nicht hin.
Für die ist es zu schad. Soll doch
Die Sonne ihre Strahln besudeln, und der Himmel
soll sein Blau entweihn
Vor diesen miesen Fressen. Viel, viel schöner bist du,
Rebbe, als die Sonne hoch
An dem verhurten Himmel, ehrlicher bist du.
So mies wie die sollst du nicht sein

9
Halt, Rebbe, halt, der Deutsche wütet, denn er hat's
befohln: Bleib stehn und reiß
Dein' Hals auf! Ein Befehl! Der Synagogendiener,
spucken soll er in dein' Schlund
Der Rebbe reißt ihm breit sein Maul auf. Doch
der Schammes wimmert leis:
»Mein Herr, wie darf ich unserm heilgen Rabbi, unserm
Rebbe, spuckn in den Mund?«

10
»Nun mach schon, Schammes, spuck mir rein, sei
nicht verrückt, Narr, der du bist!«
Der Schammes wirft sich vor dem Deutschen
auf die Knie. »Herr, Herr, warum?
Wie kann ich das!« Der Rebbe schreit:
»Nun spuck schon! Da! er zielt! er schießt!«
Der Schammes tut, als ob er's tut. Ihn trifft
des Deutschen Schlag und reißt ihn um

11
»Nun schau, du Saujud, dreckiger, schau zu und
lern mal, wie man richtig spuckt!«
Der Deutsche rotzt dem Rabbi in den Rachen und schreit:
»Schluck! und mogel nicht«
Der Rabbi würgt die Rotze runter, und der Deutsche
sagt zum Schammes: »Guck
Wie prima der gehorchen kann!« Der Schammes aber
schlägt die Hände vors Gesicht

12
Die Kugel traf dem Schammes nur in' Fuß.
»Verzieht euch! raus mit euch jetzt, raus!«
Der Schammes hinkt und zerrt den greisen Rabbi
aus der Synagoge, wie er soll
(Der Rebbe tappte hilflos immer rum
ums Thora-Pult im Gotteshaus)
Der Schammes führt ihn unter Hieben fort ...
Schlag zu! der Kelch ist noch nicht voll

13
Noch eh der Rabbi mit dem Synagogendiener
mühsam heimkommt – seht!
Steigt Rauch zum Himmel, und die Flammen
lecken hoch. Es brennt. Und welch
Ein Haus? Die Synagoge, unsre Bundeslade mit der
Thora, unser Schtetl geht
In Flammen auf. Der Schammes stützt den
Rebbe. Übervoll ist jetzt der Kelch

14
Der du zurückgekommen bist mit Schrecken, sag:
Warum, was suchst du noch?
War dir das Unglück noch nicht groß genug, als du
schon über alle Berge warst?
Sieh deine Heimat, wie sie blutet und
gepeinigt wird, gedemütigt. Sieh doch
Und sage selbst: Viel klüger wär 's gewesen, daß du dir
den Anblick hier ersparst

15
Was trieb dich also her? – Der Mann, der grad
nach Hause kam, er lächelt stumm
Sein zages Lächeln, es gerinnt im Schreck,
er weiß nicht ein noch aus
Er schluckt und schweigt und starrt. Ein
hilfloses Entsetzen treibt ihn um
Das Schtetl ist ein Trümmerfeld, für ihn
gibt 's nirgendwo mehr ein Zuhaus'

[16., 17., 18. XI. 43]

Neunter Gesang
Den Himmeln

1
So fing das ganze Elend an. Ihr Himmel aber sagt: Warum?
Für was das alles? und für wen? Gott, wer zum Teufel hat daran
'ne Freude, daß man uns beschämt? Womit hab'n wir verdient
Daß wir erniedrigt werden, hier auf dieser großen Erd
Taubstumm ist unser Erdenball geworden, er hat beide Augen ja
Feig zugedrückt. Ihr aber schaut es euch brutal gemütlich an
Das blutge Schauspiel aus der Himmelsloge von da oben, doch
Es hat euch offenbar das Innerste nach Außen nie verkehrt

2
Nicht mal den Wolkenschleier nahm sich euer Himmelsblau
Das billige. Gesuhlt hat sich die falsche Sonne in dem Rot
Stumpfgrausam wie ein Henker hat der Sonnenball
Im Blutrausch sich herumgekugelt um die Erde rum
Frau Luna, sündig wie 'ne alte Hure auf dem Strich
So ging sie Nacht für Nacht auf Tour, so tief verroht
Die Sterne lachten dreckig so wie eh und je auf uns herab
Sie blinzelten mit blödem Mauseblick und blieben stumm

3
Haut ab! euch Himmel schau ich nicht mehr an, für mich
Seid ihr gestorben, falsch und herzlos wie ihr seid
Ihr Himmel seid so abgestumpft, so elend niedrig da
In eurer kalten Höhe, satt hab ich euch, gründlich satt
Und hatte mal an euch geglaubt, euch anvertraut
Mein Lächeln, meine Tränen, all mein Herzeleid
Ihr seid nicht besser als die Erde, die hier unten sich
In einen großen Haufen Dreck verwandelt hat

4
Ich glaubte euch, ihr miesen Himmel. Ich hab euch so oft
In meinem Lied besungen und gefeiert immer im Gedicht
Ich habe euch geliebt, so wie man sonst nur eine Frau
Liebhaben kann. Doch diese Liebe, sie zerrann wie Schaum
Seit frühster Jugend sah ich, Himmel, eure Sonne schon
Für meine Hoffnung als ein Gleichnis an im Abendlicht:
Doch wie die Sonne groß in Flammen steht und untergeht
Verbrennt nun all mein Hoffen und verlischt mein Traum

5
Verschwindet, Himmel, macht euch weg! Ach, nur getäuscht
Habt ihr mein Volk, genarrt habt ihr mein' alten Stamm
Von Anfang an. Und immer habt ihr uns nur bös gefoppt
Die Väter meiner Väter schon, sie haben euch verehrt
Und unsere Propheten alle blickten gläubig zu euch auf
An eurem Licht sind sie entbrannt und ohne viel Tamtam
Sie waren eure Treuesten auf dieser Erde, keiner sonst
Hat sich in Sehnsucht je so sehr nach euch verzehrt

6
Sie warn es, die zu allererst euch Himmel priesen: »Hasinu«
Das himmlische »Hört hin!« – so hört doch
endlich und begreift!
Erst später kam die Erde dran, so wie mein Moses tat, so wie
Jesaja einst sein »Shim'u« rief: Sein mächtiges »Hört her«
Jesaja schrie: »Macht eure Ohren auf!« die Predigt gilt
Ja auch für euch, doch ihr habt eure Ohrn verstopft, ihr kneift
Und helft nicht, seid wie ausgewechselt und geworden uns so
Fremd, ihr Himmel hoch im Licht, noch fremder als die Erd'

7
Und könnt uns gar nicht mehr erkennen, Gott, warum?
Sind wir euch nicht mehr kenntlich. Sagt schon: Haben wir
Uns etwa so gewandelt oder gar gewendet? Wir sind noch
Das alte Volk der Juden! Wir sind Juden, wie wir immer warn
Sogar viel besser sind wir ja geworden. Nein, nicht ich will
Mich vergleichen, und schon gar nicht mit Propheten, doch
Die Juden, die Millionen Menschen, die auf einen Schlag
So sinnlos hingschlachtet wurden,
umgebracht von den Barbarn

8
Sie alle sind wahrhaftig besser, wurden durch ein tiefres Leid
Tiefer geläutert im Exil. Herr Gott, was wiegt denn schon
Ein großberühmter Mann von
Annodazumal gegen 'nen kleinen Jud
Von Hier und Heut. So 'n einfacher,
ein ganz normaler Durchschnitts-Jid
In Polen, in Wolhynien oder Litaun,
sonstwo in 'nem fremden Land
Aus jedem dieser kleinen Jiddn schreit heraus
im tiefsten Klageton
Ein Jeremias, seufzt ein Hiob, jammert,
schwer vom Leid gebeugt
Ein tiefenttäuschter König singt sein Klagelied

9

Ihr könnt es nicht, nein, ihr erkennt schon
keinen mehr, nicht ein'
Ihr tut, als hätten wir uns hier im Übermut
verkleidet, arg verstellt
Und sind doch ganz dieselben Juden. Wir sind
die von damals noch
Und wenn wir jemals sündigten, dann
höchstens gegen uns allein
Entsagen immer noch dem eignen Glück und
reißen uns stattdes
Für andre Leut die Brust auf, immer
retten wir wie blöd die Welt
Ihr Himmel aber blaut mit eurem Blau,
als gäb 's kein' Massenmord
Sagt selbst: Wo soll an euch denn noch
so was wie Schönheit sein?

10

Ich mach's wie Saul. So wie mein König sich
in seinen Ängsten einst
Auf den verbotnen Weg begab, um dort
die Frau zu fragen: »Bales-Ow«
So werde ich den finstren Weg auch finden,
in Verzweiflung, hin
Dort wo die Hexe haust, die helfen soll,
hin nach En Dor
Wie Saul den toten Samuel, so ruf ich
aus der Erde zu mir rauf
All unsere Propheten und beschwöre sie:
»Kommt hoch, macht Zoff
Hier oben, spuckt den lichtgeschmückten
Himmeln ins Gesicht
Und flucht dazu den rabenschwarzen
Schuften in ihr taubes Ohr«

11

Ihr falschen Himmel habt von oben und
gemütlich zugeschaut
Derweil hat man die Kinder meines Volks
zum Sterben weggeführt
Ach, über Wasserstraßen und auf Schienen
oder gleich zu Fuß
In finstren Nächten, schamlos auch
bei Tage unterm Sonnenlicht.
Millionen Kinder, als sie auf die
Schlachtbank kamen, schauten hoch
Sie streckten ihre Händchen nach euch
aus – doch euch hat nie gerührt
Ihr Flehen, nein. Millionen herzenszarte Mütter,
Väter litten an dem Leid
Der Kinder. Und hat jemals eure blaue Haut
geschaudert? Übersicht

12

Habt ihr und saht doch nichts, nicht mein'
klein' Jom, elf Jahre jung
Er war die ungetrübte Freude,
war das Gute, nichts als das
Und solche Kleinen wie mein Ben-Zion,
all diese Frühgenies
Und unsre ernsten Forscher – alles was sie
schufen, ist verpfuscht
Die frommsten Menschen warn sie,
die es je auf Erden gab
Ihr Himmel saht so Mädchen wie meine
Chanele, die hatten Spaß
Am Leben, angehimmelt hab'n sie Gott in seinem
Haus. Ihr aber gafft
Ihr seid so leer von Gott, ihr Himmel,
ausgelaufen seid ihr, ausgelutscht

13
Ihr habt gar keinen Gott in euch.
Und drum, ihr Himmel, macht
Jetzt weit weit eure Tore auf, ja, reißt sie auf, sperrangelweit
Laßt ein die Kinder meines Volkes, das nun ausgerottet wird
Gequält zu Tode, laßt, ihr Himmel, unsre Kindlein in euch ein
Macht auf das Himmelstor für diese massenhafte Himmelfahrt
Ein ganzes Volk ist an ein Riesenkreuz genagelt, tief im Leid
Laßt alle rein, o jedes meiner umgebrachten Kinder wäre gut
Genug, könnt' leicht ein Gott auf Erden
für Euch, Himmel, sein

14
Ihr Himmel seid so ganz und gar mit
Nichts gefüllt, so elend leer
Ihr Himmel seid ne einzge Wüste,
endlos weit. Ich hab
Mein' einzigen, ich hab mein' einen Gott
in euch verloren. Doch
Es wurden, Himmel, unter euren Augen
umgebracht gleich drei:
Als Gott der Juden wurde Gott getötet
und dazu sein Geist
Und nebenbei der kleine Jid aus Galiläa,
der verrückte Reb
So große Engelmacher wie die Nazis gab es
unterm Himmel nie
Was für 'ne niederträchtige, was für 'ne
ekle Götzendienerei

15

Seid froh, ihr Himmel alle, denn ihr wart
bis jetzt so arm
Nun kam das unverschämte Glück, nun
seid ihr plötzlich reich.
Dieses Geschäftsjahr war gesegnet, der
Gewinn war wunderbar
Der Umsatz glänzend, denn ein ganzes Volk
ward euch beschert
Gemeinsam mit den Deutschen freuet euch,
ihr Himmel oben, und
Die Deutschen unten auf der Erde solln sich
freun mit euch. Ich will
Daß furchtbar von der Erde Feuer lodern,
auf zu euch. Und soll
Ein Feuer aus den Himmeln falln, das
alles wegbrennt auf der Erd

[23., 24., 25., 26. XI. 43]

Zehnter Gesang
Der Anfang vom Ende

1
So war der Anfang. Schrecken gab 's vom allerersten Tage an
Der nächste brachte neues Leid, danach kam neue Qual
Und jeden Morgen geht es in der Früh wie irr von vorne los
Erst gestern so, heut so. Ein Elend hat hier seine liebe Not
Hat kaum Gelegenheit, sich auszuwachsen und zu reifen, nein
Grad heut beginnt hier, höre nur und staune, wieder mal
'ne andre Katastrophe, andres
Unglück, immer neue Todesangst
Wie'n treuer Schatten folgt uns immer neu der alte Tod

2
Ja, jeder Tag hat für die Augen eines jeden Jid parat
'ne böse Überraschung und ein neues Ungemach. Was war?
War was Besonderes? Ist was passiert? Gott, eine Kugel traf
Da einen? Keine Red davon, der Tod ist hier ein Nimmersatt
Ein Auto hielt, der Türschlag wurde aufgerissen wie ein Maul
Das schluckt 'nen Jidden, der wird weggebracht, dem geht 's
Noch schlechter, ach, als dem, der auf der Straß' erschlagen ward
Und nicht so gut wie dem, den eine Kugel schnell erledigt hat

3
Vom allerersten Tag an, seit der Deutsche unsere Stadt
Besetzt, hab ich nie mehr genächtigt hier in unserm Haus
Ging jeden Abend rüber zu Verwandten schlafen, meine Frau
Mein Chanele hat mich einmal begleitet und dort hingebracht
Ein deutscher Offizier stand plötzlich vor uns in der Dunkelheit
Er hat uns abgeschätzt, 'ne kleine Ewigkeit, ging gradeaus
Und nur zehn Schritte später hielt er irgendeinen andern an
Da hat in unserm Rücken schon ein Schuß gekracht

4
Es traf ’nen andern, aber uns! Uns beide, Chanele, hat er
Getötet. Mich traf er so gut wie dich. Der suchte ohne alle Not
Nach irgendeinem Opfer, irgendeinem Jud und war sich bloß
Nicht sicher. Hast gesehn, wie dieser
Abschaum glotzt und stutzt?
Wir hatten unsren festen Schritt zum Glück
nicht, um kein’ Deut
Beschleunigt, noch verlangsamt – unsern
Schritt vom Leben in den Tod.
Ich sag dir, würd ich mehr wie’n Jude
ausschn, Chanele, der hätt
Die Sau gleich rausgelassen und uns mit
zwei Kugeln weggeputzt

5
Ich sage dir: Der hat uns, Chanele, im Grunde
alle umgebracht
Ermordet hat er uns und grad
in diesem schrecklichen Moment
Mich hat er umgelegt mit diesem
Schuß, dich, unsere Kinderchen
Das ganze Volk der Juden hier in diesem
Land der Judenhasserei
Er hat uns abgeschätzt mit einem Blick
stahlhart, hat funktioniert
Und hat wahrscheinlich nichts als seine
Pflicht getan, ganz konsequent
Die Lage hat er kalt gepeilt und dann
gehandelt diesen Abend in
Der gottverlaßnen Straße . . . und du preßt
mir kalt die Hand dabei

6
Ja, Chanele, die deinen, meine auch – die Hände warn uns kalt
Vor lauter Angst. Der hat uns umgebracht. Und wenn du nun
Nach Hause kommst, dann sag bloß unsern Kindern nicht
Daß uns da 'n Deutscher traf, der hat so
blond und breit und lang
Sich aufgepflanzt vor uns, hat uns
gemustert diesen Augenblick
Hat uns getötet, unsre Kinder, unser
ganzes Volk. Was tun?
– nein, Chana, nein erzähl dies alles nicht,
nein, Gott bewahr
Geh heim, du weißt von nichts, geh,
Chanele, du schaust so bang

7
Geh nun nach Haus, und morgen früh, ganz in der Früh
Im Morgendämmerlicht, dann will ich wieder bei euch sein
Ich warte eine Weile, und dann läut ich sachte, wirst es hörn
Und wirst das Klingelzeichen gleich
erkennen, mein Kling-klung
Dann steh du leise auf aus unserm Bett. Und wirf dir schnell
Was über, mach mir gleich die Haustür auf und laß mich ein
Und dann bring mir die Kinder, meine liebsten Kinderchen
Sie sind ja so lebendig und so schön und so schön jung

8
Hast du gesehn? Mein kleiner Jom sprang quietschvergnügt
Mit einem Lächeln aus dem Bettchen, Jom, mein Schatz
Mein liebstes Kind. Schau, wie Ben-Zions kleine Hand
Zum Kopf geht, unterm Kissen grabscht er rum und lacht
Er find't sein Buch, beim Einschlafen hat er's dort hingelegt,
Dann blättert er kurz durch, schon findet er die Seite, hat
Die Zeile schon, wo die Geschichte weitergeht. Warum
O Chanele, wofür, ihr kleinen Jungs, hat man euch umgebracht

9

Ich bleibe, Chanele, in dieser Nacht bei euch, ich will
Nicht immer wieder abhaun von zu Hause über Nacht
Wozu solln Leute, die im Grunde tot sind, immer noch
Vor irgend etwas zittern. Chanele, wir alle sind gewiß
Schon abgeurteilt, abgehakt hat uns schon längst der Tod
Ich weiß: Das Allerschlimmste haben wir schon durchgemacht
Wir sind schon tot. Du sahst den Deutschen, dessen Blick
Macht uns nie wieder eine Gänsehaut vor lauter Schiß

10

Ein Sitro Achro war der Deutsche, Satan, böser Geist
Ein Fürst der Unterwelt, allein schon dieser Dreck, allein
Der Schmutz, allein schon diese Blutgier, die Verkörperung
Des Schlechten. Dieser Haß, Haß, der vor Dummheit strotzt
Haß gegen sie, die hilflos sind im Streben nach Gerechtigkeit
Haß gegen alles, was auf Erden gut und schutzlos ist. Gemein
Fand ich den Deutschen, der wie
angewurzelt stehngeblieben war
So kalt hat dieser Deutsche auf der
Danziger uns beide angeglotzt

11

Das war der Führer selbst, ein Hitler stand da in Person
Ein Alfred Rosenberg. Nein, Chane, der stand überhaupt
Für alle Deutschen miteinander, für dies ganze miese Volk
Das schlechteste, für das gewissenloseste von allen stand
Uns der da vor den Augen. Hätt ich den erschossen, ach
Hätt ich den abgeknallt in dem Moment, ihr Lieben glaubt
Ich hätt mit diesem Schuß mein Volk gerettet und auch dich
Und unsre Kinder. Doch ich hatte es nicht in der Hand

12
Schon sind sie aus den Betten. Und ich bitt dich, Chane, sag
Zu unsern Kleinen nichts von alledem. Was machst du nun?
Ich seh schon, du reißt all die Knöpfe ab, die glänzenden, dazu
Dreimal die blauen Tressen von den
Schülermäntelchen. Ach und
Jetzt nähst du an den Ärmeln diese
schändlichen, die Binden fest
Die weißen mit dem Judenstern, für'n
Großen auch. Was tun?
Ja, unser Ältester, er wehrt sich, will's
nicht tragen, kleiner Jom
Du meiner, laß den Kopf nicht hängen,
's gibt gar keinen Grund

13
Mein Jom, du weißt nicht, daß man uns
schon längst getötet hat
Und sollst nicht wissen, daß man uns noch
töten wird in jedem Fall
O Welt, ich sage dir: das ganze deutsche
Volk ist sie nicht wert
Nicht eine einz'ge Träne aus Verzweiflung
von 'nem Judenkind
Ach, wüßte Jom, mein Allerfröhlichster
mit seiner Fröhlichkeit . . .
Es kommt 'ne Kälte, eine Kälte bricht
jäh über mich herein, der all
Dies sehn muß. Wehe, weh! . . . und
wohl, euch Judenkindern, denn
Ihr seht zum Glück nicht durch,
ihr seid ja so schön blind

14
Du bist so eine Starke, Chane. Und wie stark du bist
Das hab ich früher nie gewußt, du Liebe, nie so klar
Jetzt willst du ausharrn ganz allein mit unsern Kindern hier?
Und mir hast du noch zugered't: fahr los, fahr jedenfalls
Sofort nach Warschau. Ach, ich hab es nicht gewollt
So bin ich ohne euch nach Warschau weggefahrn, ich mußte ja
Am Wasser hatt ich nie so dicht gebaut. Als ich nun fuhr
Da blieb mein Auge trocken, doch
die Träne saß mir tief im Hals

15
Nur knapp zwei Monate danach hat man euch fortgejagt
Weg von zu Haus, dich mit den Söhnen, und ihr habt euch hin
Von Lodz nach Warschau und zu mir gerettet, so hab'n wir
Zusamm' den Anfang von dem Ende hier mit angesehn
Als dann das wirkliche, das End vom
Ende kam, da wart ihr schon
Nicht mehr, auch nicht der kleine Ben-Zion
und Jomele. Ich bin
Allein geblieben mit mein'm Ältesten,
so sahen wir den Rest
Von uns in Flammen, sahen uns im
Feuer und in Rauch aufgehn

[4., 5., 6. XII. 43]

Elfter Gesang
Erinnerst du dich?

1
Ich mag so gern dein' Namen rufen, und ich hab es gern
Ihn auszusprechen: Chanele. Du gibst mir Seelenbrot
Wenn ich mich zu dir wende, und auch jetzt, nachdem
Du weggerissen bist, wie unser Volk. Mir ist es lieb
Wenn grade du mir eine Antwort gibst, du schenkst
Mir dieses Lächeln, das verscheucht all meine Seelennot
Wenn es so traurig mir auf deinen lieben Lippen blüht
Gern rufe ich dich aus der Einsamkeit, in der ich übrigblieb

2
Dann frage ich: Erinnerst du dich noch? Ich habe dich
So lieb und frag dich, ob du es noch weißt. O komme du
Komm näher her zu mir. Auf meine Schulter leg dein' Kopf
Den göttlichen, der Scheitel weiß, schwarz deine Haar
Nimm mich in' Arm, und hauch mir
Leben ein und stärke mich
Ich hab, verzeih, dich wieder aufgeschreckt aus deiner Ruh
Nein, Chana, schlaf jetzt nicht. Die Wunde soll nicht heilen im
Vergessen, denn sie ist und soll es ewig bleiben: unheilbar

3
Du, komm und setze dich zu mir. Ich hab dich lieb, so sehr
Drum höre was ich sag ... ich liebe dich mit solcher Wucht
Hörst du? – Du hörst! Und so, mein Chanele, beglückst
Du mich im Unglück, und so bleibst du meine Frau
In unserm großen Elend. Nun, da alles aus ist und vorbei
Befruchte ich dich und vor aller Welt. Du trage diese Frucht
Die Anklage, so wie du vordem meine Söhne trugst in dir
Ja, trag sie aus, in aller Welt, die sündig ist, verroht und grau

4
Niemals vergiß das Grausamste, die Unbarmherzigkeit
Vergiß nie! nie das Schauerlichste, was es jemals gab
Auf Erden. Weißt du noch? Ich weiß es, daß du nie vergißt
In alle Ewigkeiten nahmst du die Erinn'rung mit
Du, Chanele, und meine Söhne, ewig werdet ihr
Des Mords an unserm Volk gedenken. Und ich hab
Auch Rachelust und immer Angst, daß je die Stunde kommt
Da mir das alles, was geschah, aus dem Gedächtnis glitt

5
Auf dich hab ich mich immer ganz
verlassen, Chanele, und mehr
Als auf mich selber. Du, ich hab gelebt, als wäre ich für dich
Ein Medium, als hätt ich immer deinen heimlichen Befehl
Nur ausgeführt, als hätt ich nur, was du verlangst, getan
Hast schwere Trümmer auf mir abgeladen. Und ich trugs
Mit Zittern und mit Freuden, hab
bezahlt (nicht nur gelegentlich)
Mit Liebe zu dem Volk, das in der Diaspora lebt
Aus Furcht und Hoffen mischte ich ihm mein' Gesang

6
Kannst du an das Gebäude dich erinnern in der Twarda-Straß?
Das Haus im kleinen Ghetto, weißt schon, unser Waisenhaus
Die fünfzig Jungen da, die warn so rotzvergnügt und seelentief
Für sie hab ich mal was geschrieben, so ein Szenenspiel
Erinnerst du dich an die Kinder in dem Stück »Es zieht
Mich runter, auf die Gass'« – sie hatten,
weißt noch, viel Applaus
Erwachsen wurden sie im Spiel, mit
ihnen wuchs mein Werk
Sie hab'n ihr Herz mit reingelegt, mehr als
ich selbst und mehr Gefühl

7
Erinnerst du dich an den Tag, man gab es uns bekannt:
Da hat man unsre Waisenkinder weggeschafft, auch sie
Zusammen mit David Dombrowski und mit seiner Frau
Zwei Freunde, beide Lehrer da. Und ich beschloß zu gehn
Zu ihnen, lief sofort zur Chlodna-Brücke, und ich hatt'
Dir nichts davon gesagt wohin ich geh . . . O böse Ironie
Denn als ich in das kleine Ghetto kam, da sah ich nur
Noch Hunde streunen, Katzen, und die Sonne schön wie nie . . .

8
Nicht einen Juden habe ich im kleinen Ghetto mehr gesehn
Nur einen Schatten sah ich schleichen von der Schule her
Mit einem großen Sack auf seinem Ast, und ich kam nur
Durch diesen Sack drauf – was für eine sonderbare Schlepperei
Das war ein Jud. Sein Sack half ihm, stieß so den Mann voran:
Lauf, Papa, lauf . . . das wars.
Es gab dort sonst kein Leben mehr
Zelazna-Straße nicht, Grzybowska, die Krochmalna, Walicòw
Und Twarda-Gasse auch! Die Lichter aus
– das Volksfest ist vorbei

9
Ich war die Ciepla-Straße reingekommen,
ging dann Twarda links
So komm ich in die Twarda-Gasse 7, flieg
wie 'n Bogenpfeil sodann
Durch's Tor und renn die Treppe hoch, bis rauf in' zweiten Stock
Die Tür war auf. Ich aber stand wie angenagelt, hab gespürt:
Du mußt hier noch mal rein. Ich wollte, doch ich konnte nicht.
Der Schmerz hat mich gelähmt, das dauerte 'ne ganze Weile an.
Ich konnte einfach nicht die Schwelle
überschreiten, und so stand
Ich vor der offnen Tür und hab mich nicht vom Fleck gerührt

10

Dann hör ich was: Da geht wer . . . durch
das Tor? Die Treppe rauf?
Vielleicht nur 'n mieser Gauner oder (was viel mieser wär)
Ein Deutscher? und ich schlich mich rein in' langen Korridor
Türn alle aufgerissen rechts und links. Ich hab verwirrt gestarrt
Die Sonne schüttete verschwenderisch den Korridor
Mit Garben voll aus Sonnenstrahln, von sonstwoher
Verschüttete ihr Licht ganz ohne allen Sinn und Zweck
Geblendet hat sie mich, verblendet und mein Herz genarrt

11

Es hingen Mäntelchen im langen Korridor, wie'n Zauber lag
Das Licht auf ihnen, etliche hab ich erkannt und angefaßt
Da: das von Abale! er spielte einen Händler in dem Stück
Der auf den großen Hof kommt. Kesse Blicke warf er rauf
Zu'n Fenstern, Kopf im Nacken stand er an der Rampe und
Hat rumgefuchtelt mit den Händen:
»In mein' Sack, ihr Juden, laßt
Paar Flicken mir, die Lumpen, alles, was zerrissen ist
Und schmutzig – kommt, ich nehme alles, kaufe alles auf«

12

Der kleine Paletot gehört dem Jungen,
der in dem Theaterstück
Die Hauptrolle gespielt hat: Arek. Der will
runter, durch die Gassen ziehn
Er täuscht den Lehrer, lügt: »Ich muß
nach Hause, mein' Mama ist
Krank auf den Tod.« Der Lehrer für Musik
fällt rein auf diesen Schwank
Dann lockt der Fratz 'nen Freund: »Los, laß uns
singen gehn für Geld
Komm mit mir auf die Höfe, und ich schlag
dazu das Tamburin«
Vom ersten Hinterhof rast er zurück in seine
Schule, was'n Schreck
Er kriegt nun in der Klasse mit: Die Mame ist
tatsächlich krank!

13

Und dieses neue Mäntelchen gehörte eines Dichters Sohn
Dem kleinen Pinchas. Pinchas' Vater Herschl war verreckt
Verhungert, schon vor Jahrn. Und sein verwaistes Sonnenkind
Es spielte nun im Stück ein'
Hungrigen, dem geht 's sauschlecht
Ein kleiner Dieb, der sich mit flinken Fingern aus 'nem Korb
Ein Brötchen klaut und schlingt es trocken runter, leckt
Sein eignes Blut als Marmelade, und der Junge schluckt dazu
'ne Träne – dieses Laienspiel war herzzerreißend lebensecht

14
Dann lief ich durch den Klassenraum
– in Panik wieder raus. Und rein
In' Speisesaal, und renn von dort ins
Arbeitszimmer von David
Dombrowski, ihrem Lehrer. Und auch der
nicht da, nicht er, noch sie
Die beiden also auch, genau wie Korczak,
der ist nicht mehr hier
Auch die Wilczynska fort. Sie alle machten sich
mit auf den Weg
Der Waisen, auf die Reise, dorthin, wo man
keinen wiedersieht
Wohin die Eltern ihre Kinderchen auch nicht
begleiten wollten. Und
Wüst auf dem Boden türmte sich
ein Riesenberg Papier

15
Ich hab herumgesucht im Stoß aus Heften, Büchern und
Zerfledderten Papieren, Schmeißt, werft all meine Werke weg
Ins Feuer, aber rettet mir dafür ein einziges, ein Waisenkind
Von diesen fünfzig Jungs, die warn so lieb und gut und süß
Und denk dir, Chanele, statt eines Judenkinds, das lebt
Fand ich ein Zwergenmonster, fischte es mir aus dem Dreck
»Es zieht mich runter, auf die Gaß'«
– ein Textheft, eins von drein
Das mittlere, es war ein Krüppel ohne Kopf und ohne Füß'

[14., 15., 16. XII. 43]

Zwölfter Gesang
Die Milastrasse

1
Es gibt in Warschau eine Straße, und das ist
Die Milastraße. Reißt das Herz euch aus der Brust
Legt, wo das Herz war, ein paar Steine rein
Und reißt euch aus dem Kopf die Augen, preßt
Euch auf die leeren Höhlen ein paar Scherben drauf
Tut so, als hättet ihr's nicht mitgekriegt, nie was gewußt
Und nichts mit angesehn. Stopft eure Ohren zu, seid taub
Und merkt euch alles haargenau, das heißt: vergeßt

2
Die Milastraße gibt 's in Warschau. Weint da wer?
Wer weint so still? Ich nicht. Ich bin nicht mehr so neu
Glaub mir: Für diese Milastraße reichen Tränen nicht
Kein Jude weint da noch. Ich glaube, sogar diese Gojim
Der Anblick hätte auch treudeutsche Polen tief erschreckt
Sie wärn in Tränen ausgebrochen, doch 'nen Polen
Gab 's auf der Milastraße nicht zu sehn an diesem Tag
Von denen war an diesem Tag im Ghetto keiner drin

3
Nur Juden und paar Deutsche warn da. Juden Juden, ach
So viele, immer mehr. Und dabei weiß ich doch: man hat
Dreihundertfünfzigtausend Warschauer schon umgebracht
Allein aus Warschau so viel Männer, Kinder, Fraun
Die Alten wurden einfach auf dem Friedhof abgeknallt
Und alle andern kamen auf Transport, raus aus der Stadt
In Lager wie Treblinka. Und nun ist die Mila vollgestopft
So wie die Viehwaggons, schau dir das an und staun'

4
Wo komm' die plötzlich her? Es sind doch alle längst
Erschossen oder gingen in das Gas den letzten Gang
Dies hier sind Werkstatt – Juden, alle arbeiten im Dreh
Von Nowolipie-Straße, Leszno-Straße, die sind fest
Verpflichtet, eine Arbeitsnummer haben sie erwischt
Dies sind die Glücklichen im Unglück, denen es gelang
Sie fanden Unterschlupf dort, wo man irgendwas für'n Krieg
Der Deutschen produziert, ein Häuflein Juden, nur ein Rest

5
Viel Juden aus Betrieben, die's dort gibt. Paar Bonzen auch
Von der Gemeinde Gesiastraße, unsre Heiligen vom Judenrat
Sie tragen in der Hand ein' Besen, womit sie die Straßen kehrn
Und so ein Blechschild tragen die als
Amtsperson auf ihrer Brust
Dann noch das Heer der Arbeits-Juden, das früh mit Gesang
Zum Einsatz in Kolonnen aus dem Ghetto zu marschieren hat
Und Juden, die in Bunkern sich verbergen. Also doch: Es gibt
In Warschau Juden, immer noch. Ich hatt's bloß nicht gewußt

6
Geb Gott! es hätte diese Juden nie gegeben, und sie hätten nie
Das Licht der Welt erblickt, denn
unsre Erde schwimmt im Blut
Und wenn sie nun schon mal geboren war'n nur zum Krepiern
Warum läßt man sie so lang zappeln, sag, mit welchem Recht
Läßt man sie noch ein Leid durchleben,
das nun Milastraße heißt
'ne Straße irgendwo in Warschau. Hört! Hört alle her: 's ist gut
Daß Gott sich hier nicht sehn läßt, in der Mila gibts ihn nicht
Und seine Aktien stehn hier
miserabel, wirklich sehr, sehr schlecht

7
Und noch viel ärger wäre alles, gäb es doch 'nen Gott
Hier Gott und hier die Mila – na, das gäb ein hübsches Paar
O reißt sie aus den Koffern wieder raus, aus dem Versteck
Und schleudert sie, zerschmettert eure Kinder an der Wand
Und zündet Scheiterhaufen an, ringt eure Hände, springt
Ins Feuer und zerreißt die Kleider, reißt euch aus das Haar
Denn gäb 's hier einen Gott, das wär 'ne Ungerechtigkeit
Für diese Menschen, Hohn! und was für eine Affenschand!

8
Sofort sprach es sich rum, schon in der frühsten Früh
Noch eh der schlimme Tag, der mörderische überhaupt
Begann, da wußte man Bescheid
in den Verstecken unterm Dach
In Kellern und in Bunkern, hier wie dort und überall:
»Es haben auf der Milastraße alle Juden bis Punkt Zehn
Ohne Verzug sich einzufinden. Mitzunehmen ist erlaubt
Nur Handgepäck. Wer trotzdem in der Wohnung bleibt
Der wird erschossen, gleich
an Ort und Stelle und in jedem Fall«

9
So fing gleich in der Früh ein mächtiges Gedränge an
Von allen Seiten strömten Menschen in die Milastraß'
Man sah es ihnen an, woher sie kamen, ob vom Keller hoch
Vom Dachboden herab, Gestalten wie aus einer Unterwelt
Und manche kamen hochgekrochen aus der Kanalisation
Aus Betten kamen Kranke hergewankt, und denen tat all das
Schon nicht mehr weh. Du, hilf hier keinem auf, der schon
Gefallen ist. Und stütze keinen, der grad schwankt und fällt

10
Wozu auch, denn sie trotten in die Milastraße. Alle gehn
Wir hin zur Schlachtbank. In nur einer Stunde wird es sein
Daß man, genau wie in der Dzielna, in der Pawia auch
Hier keinen Juden, keinen einzigen Lebendigen mehr find't
's ist Neun. In einer Stunde wird dies Warschau ganz genau
So aussehn wie die andern großen Städte und ist judenrein
Wird aussehn wie in Litaun unsre Städtchen, wie in Poln
So tot wie überall, wo diese Deutschen eingedrungen sind

11
Ein letztes Stündchen nur – dann ist sie ausgelöscht
Die Sonne. Ja, dann geht sie mit uns von der Mila auf
– auf und davon. Sie geht mit uns aus Warschau weg
Mit über hunderttausend Juden, die noch übrig waren. Nein
Das stimmt nicht, nicht die Sonne, sondern ein Entsetzen hat
Vom Himmel uns begleitet, nun, im End vom Lebenslauf
Und im Gesicht von mehr als hunderttausend Juden liegt
Vom Grauen nur ein grausam abgestumpfter Widerschein

12
Dermaßen dumpf ist das Entsetzen,
daß schon fast die Straße platzt
Die Mila, prallgefüllt mit Juden, schwebt hoch in die Luft
Wir auch! Wir fliegen, wir gehören nicht mehr auf die Erd'
Der Boden unter unsern Füßen schwindet. Irre Szenerie
Ich seh da Freunde und Bekannte laufen, aber ich vergaß
Die Namen, weiß auch gar nicht, wie man solche Toten ruft
Wer schleppt den Sack da? Und da hinten, wer ist der?
Und da die Frau mit ihrem Kind. Und die da, wer ist die?

13
Ich hab mich reingeschlichen in ein Zimmer und lag dann
Mit meinem Sohn auf blanken Dielen einen ganzen Tag
Und fast 'ne Nacht. Am nächsten Morgen staubten wir
Uns ab, dann stellten wir uns frech mit in die Fünfer-Reihe hin
Vor meiner Werkstatt für die Selektion. Und haben es erlebt
Wie Untermenschen-Material
auf einer deutschen Schicksalswaage lag
Es ging nur darum, ob du später umgebracht wirst oder gleich
Ich ging vorbei. Und ich kam durch, mit hochgerecktem Kinn

14
Ich hab mich umgeschaut und sah grad wie man einem Jud
Von seinen magren Schultern einen Sack herunterzerrt
Da fing der Sack zu weinen an ... es war ein Kind!
Ein Judenkind. Ein Polizist kommt angerannt, er kriegt
'nen Wutanfall. Er sucht den Vater, dem der Sack gehört
Los, zeig mir, wer dein Papa ist! Der Kleine aber plärrt
Nicht los. Er starrt, verrät sich nicht, mit keinem Wort
Er sieht durch seinen Vater durch – und er erkennt ihn nicht

15
Der Kleine! Und dann griff der Herrenmensch stattdes
Sich irgendeinen Juden aus der Reihe raus und brüllte: »So
Dann eben du!« und schob den falschen Vater und den Sohn
Mit in die Masse der zum Tod Bestimmten. Was'n
Heidenspaß!
Ich hab genug gesehn, ach laßt mich, fragt nichts mehr
Kein Was, kein Wie, kein Wer und kein Warum, kein Wo
Ich fleh euch an: Fragt nicht mehr nach und bitte sagt
Mir nie kein Sterbenswörtchen mehr von dieser Milastraß'

[24., 25., 26. XII. 43]

Dreizehnter Gesang
Mit den Chaluzim

1

Kein Sterbenswort vom Sterben auf der Milastraße mehr
Fragt nicht, erinnert nicht daran, wie voll die Straße war
Gespenstisch: dann so leer. Die hunderttausend Juden dort
Bepackt mit Handgepäck, sie schleppten, gingen krumm
Mit Beutel unterm Arm und Rucksack oder Sack, darin
Trug mancher 'n Hemd, ein Handtuch und vielleicht ein paar
Stück Brot, dazu so blaß wie Leinewand ein kleines Kind
Und das war ausgedörrt wie hartes Brot und steinestumm

2

Nichts hat es, gar nichts hat 's genützt,
man fand die Babys doch
Die meisten hat man rausgefischt, erwischt im Haufen Müll
Ertappt in irgendwelchen Schrankverschlägen, aufgespürt
In feuchten Kellerlöchern, unterm Dach im staubigen Regal
Die ganze Milastraße war ein einziges Verstecke-Labyrinth
Und was blieb übrig? Wenig. Unser Weinen – ihr Gebrüll
Entweder knallten sie uns gleich ab oder hab'n uns weggeführt
Auf irgendeinem wüsten Weg zum Tod in diesem Jammertal

3
Ein kleiner Teil von uns ging einen kleinen
Umweg in den Tod
Zurück zur Arbeit in 'ner Werkstatt
Nowolipie Straße, Leszno-Gass
Ich hab dort Spulräder gedreht, mein
Sohn, der einz'ge, der mir blieb
Stand stumm an der Maschine.
Jeder neue Tag hat uns gekirrt
O diese miesen Schuppen, wo so trejf
geopfert wird, ein Blutaltar
Und trotzdem, zwanzigtausend
allerletzte Juden machten das
Sie schafften für den Feind. Es hat
das Ghetto kaum gekannt
Wer das nicht sah und ist in diesen Tagen
nicht wie wir da rumgeirrt

4
So haben wir in Bruchbuden gewohnt, in Dreck und Müll
Die Straße war gemütlich warm, gemessen an dem Mief
'ner fremden Wohnung, keiner hat in seiner eigenen gehaust
Wie in 'nem offnen Grab lag man
in toter Menschen Schlafgemach
Man fraß aus armer Leute Töpfe, und
von fremden Tellern schlang
Ein jeder, was er fand, trug
fremder Menschen Hemd und schlief
Schlecht, kurz und kalt in
harten Betten, es war widerlich
Allein die Laken fremder Leute
unter einem fremden Dach

5

Oft hab ich mich, das war gefährlich,
von der Arbeit weggestohln
Und immer, wenn ich heimlich
durch die leeren Straßen schlich
Dann stahl ich mich ins alte Ghetto: dorthin,
wo nun nichts mehr lebt
Trotzdem gab es noch Lebenszeichen.
Doch wie sahn die aus?
Ich sah ein Sterben, das auf Abruf
nur für kurz verlängert war
Wozu? Für wen? Und dort fand ich dann
neue Freunde, ach, die ich
Nun auch schon nicht mehr hab. Ich
schlich mich in das alte Ghetto rein
In großer Hetze, und gehetzt schlich ich
mich immer wieder raus

6

Die neuen Freunde dort warn Dichter, jiddische,
auch Maler. Und
Warn Musiker – und keinen gibts von
denen mehr. Sie alle sind
Ermordet: Hillel Zeitlin, ihn hat man
zum Umschlagplatz geschafft
Er trug seinen Gebetsschal, bis man ihn
erschoß. Und glaubt
Es mir: Gilbert war groß, und auch
Jisroel Stern war ein Brillant
Der Lit'ratur. Und wie Warszawski, wie
Dawidowicz, wo find't
Man Könner wie Jacques Levi und den
Ostrzega, das Judenvolk
Trägt diese Namen wie die Zacken
einer Krone auf dem Haupt

7

Und eine Woche später war ’s, da stahl ich mich noch mal
Ins Ghetto rein. Ich sah dort Zuckermann, ein Kommandant
Und mit dem Jizchak Zuckermann auch Zivia, ’ne tapfre Frau
Sie war das schönste Menschenkind,
das unser mieser Erdball trug
Die jungen Kämpfer, Chaluzím
– und sage keiner mir, es sei
Auf dieser Erde alles schon verlorn.
Die Chaluzím sind der Garant
Für unsern Lebenssinn, sie sind
ein Halt für uns. Und nur
Paar Tränchen stehn mir noch im Aug.
Geweint hab ich genug

8

Der Jizchak überbrachte mir in jener Woche einen Gruß
Von einem Teufelskerl in Krakau: Laban. Dieser Laban gab
Dem Jizchak grad Rapport, vom Abschaum der SS, wieviel
Schon Offiziere umgelegt sind
– das erzählte ihm grad der Chaluz
Und plötzlich standen Deutsche in der Tür,
mit »Hände hoch!«
Als man ihn festnahm, trug Laban
’ne Wehrmachtsuniform. Jizchak
Entkam. Mit einem Schuß im Fuß, so irrte er
fremd durch die Stadt
Im Stiefel suppt das Blut. Jetzt, Jizchak,
liegste da mit deinem Fuß

9
Das war im Januar, am siebzehnten im
Jahre Dreiundvierzig. Ich
Blieb diese Nacht bei meinen Freunden dort. Und kurz bevor
Es tagte (besser wär 's, es wäre nie mehr Tag geworden!) ging
Ich runter auf die Straße. Und da hörte ich schon auf dem Weg
So zwischen Zamenhof und Nowolipie-Straße: Alles zu!
Das Ghetto abgeriegelt, die SS macht Jagd auf uns. Kein Vor
Und kein Zurück. Die Wehrmacht,
das Gewehr im Anschlag, Polizei
Bezieht im ganzen Ghetto Stellung,
sie besetzen jedes Straßeneck

10
Schon wieder mal! und immer wieder! Was ist heute los?
Es ist doch sowieso mit uns hier alles aus. Kalt wird mir, heiß
Ich renn zurück zum Sohn, den Chaluzím . . . die wissen schon
Bescheid, es hat von draußen wer die Nachricht mitgebracht
Da seh ich Zivia. Da ist auch Jizchak
wieder auf den Beinen, doch
Mit seinem blutigen, mit dem zerschoßnen Fuß. Wer weiß
Ob nicht noch Blut ihm in den Stiefel sickert. Als nun der
Mich sah, in der Gefahr, hat ihn das schreckensbleich gemacht

11
Weiß wie die Wand ist er geworden, dieser
Jizchak. Glaube nicht
Ich hätt darum gebeten, er befahl nun
einem von den Chaluzim:
»Geh du sofort und suche einen Bunker
hinterm Hof und bringe mir
Die beiden hier in Sicherheit.
– »Nun hör mal, Jizchak«, sage ich
Und quetsche ihm die Hand dermaßen,
daß er um die Nase rum
Auch wieder Farbe kriegt
– »Du, Jizchak, ich bleib hier, du nimm
Deinen Befehl zurück. Mein Zvi,
wenn er es will, bleibt auch mit euch
Da kommt schon einer mit Gewehren,
eins für Zvi und eins für mich«

12
Gefahr? Mir hat es überhaupt nichts ausgemacht, im Gegenteil
Für mich war's viel, war alles. Alles leider bißchen viel zu spät
Ach was! Was red ich denn daher
– es ist im Grunde nie zu spät
Und hat der letzte Jude wenigstens noch
einen Mörder umgebracht
Dann rettet er damit sein Volk. Man
kann nämlich ein ganzes Volk
Das ausgerottet ist, noch retten. Also
rettet, hab ich ihnen zugered't.
Ich hab die jungen Leute angestachelt,
angefeuert und bestärkt
Und das hat nicht nur sie, das hat mich
selbst auch stark gemacht

13
Die Chaluzím bezogen ihre Posten, alle haben sich verteilt
Dicht an der Tür, die Treppe hoch, im Flur, am Kellergang
Vom Fenster aus sah einer auf die Straße runter. Was passiert
Hat er uns zugeflüstert. Durch ein' Schlitz sah ich: Da sind
Schon wieder welche festgenommen.
Schau, sie werden abgeführt
Zum Umschlagplatz. Sie laufen von SS
bewacht die Straße lang
Sie sagen keinen Ton, die Köpfe tief gebeugt.
Ach, meine letzten ihr
Vom Judenvolk. Stocktaub
möchte ich sein und lieber blind

14
Still! ein Getrampel. Knobelbecherschritte. Deutsche. Zwei
Haun panisch ab. Die kommen wieder und genau hier hin
Zu mehreren. Sie legen Feuer am Gebäude da, jetzt brennt
Das kleine Haus, grad gegenüber. Von der Feuerwehr ein Held
Anstatt zu löschen, facht er noch die Flammen an und schreit
Auf Polnisch zu dem Deutschen: Ganze drei sind da noch drin
Versteckt. Nun schleppt man sie heraus, sie wehren sich
Schon rötet sich der weiße Schnee, das Blut dampft in der Kält'

15

Still! Psst! jetzt sind sie schon bei uns.
Ich seh nicht das Gesicht
Von diesem Deutschen, seh nur
seinen Rücken, sein Gewehr
Ich sage dir, daß keiner diesen Deutschen
in den Rücken schoß
Der erste fiel, der andere auch. Die Kugel
traf ihn vorne in die Brust
»Die Juden schießen ja!«
– hat noch der eine von den zwein
Erstaunt geröchelt. Gutmann,
Sacharia hat geschossen, der
Eliëser auch – Chaluzím und
Pfadfinder vom »Haschomer Hazair«
Er hat's kapiert! Ja, Juden schießen auch
– das hatt' er nicht gewußt

[3., 4., 5. I. 44]

Vierzehnter Gesang
Das Ende

1
Das hat den Deutschen überrumpelt, schwer verwirrt
»Die Juden schießen ja!« – er röchelte dies deutsche Wort
Als unrein seine schwarze Seele aus dem Körper wich
Böses Erwachen, reichlich spät im letzten Sterbehauch
Und mit der Kugel hat ein Staunen da
den Deutschen kalt erwischt
»Die Juden schießen ja! Verbrecher! Mörder! Mord!«
Achtzig Millionen Mörderfressen röchelten im Schreck:
»Die also auch! Wie wir, so machen es die Juden auch!«

2
Weh über uns! Wir Jidden können auch, wir können, ach!
Wir können widerstehn und töten auch! Wir auch! Auch wir
Wir können aber etwas, was ihr Deutschen nie
Und nimmer fertig bringt auf dieser Erd:
Den Nächsten leben lassen. Ihr? Ihr schlachtet hin ein Volk
Das wehrlos seine Blicke hoch zum Himmel schickt. Ach ihr
Das könnt ihr eben nicht: NICHT morden. Denn ihr kommt
Schon aus dem Mutterleibe mit dem Schwert

3
Ich kenn euch! trifft mein Wort auch nicht
wie meiner Väter Wort
– bin kein Prophet – und doch
durchschau ich euch so gut wie sie!
Und als man Anfang Juli anfing, uns
zu schicken auf Transport
Aus Warschau raus, fort in die Todeslager
– ja, ich hätte auch geschrien
Wie unsre jungen Kämpfer, als beratschlagt wurde
und beschlossen: Nie!
Nie lassen wir uns schlachten.
Wenn schon, dann Tamut Nafschi!
Die sollen alle mit uns hops gehn,
überall, wo sie uns massakriern
In der Ukraine und in Litau'n,
in Wolhynien, in Lublin

4
Es hätte nichts gebracht, ich weiß, nicht viel. Schon weil
Wir hatten anfangs ja so gut wie keine Waffen. Doch
'ne Axt ist auch aus Stahl. Und Menschen sind aus Fleisch
'ne Kugel dringt da auch nicht tiefer als ein Messer rein
Ich will nicht, daß die Juden in New York, in Erez-Israel
Still um uns trauern und am Ende leise weinen, weh und ach
Und dann noch lauthals solche dummen Sprüche klopfen wie:
»Wer sich nicht wehrt, tja, der verdient's nicht besser!« – Nein!

5
Bloß das nicht! Wehe mir, vor
Neujahr saß ich noch
Mit andern Jidn stumm dabei,
die Leiter von der Werkstatt sprachen da
In klarem Polnisch haben diese Juden
all ihr Leid geklagt
Geflüstert und auch ausgeschrien
hat seinen Zorn da mancher Mann:
Was für ein Volk! das sich wie eine
Kälberherde treiben läßt
Zur Schlachtbank, was für'n Volk! Wie
wackelten die Köpfe da:
Weh über solch ein Volk, das
muß von dieser Erde wohl
Vertilgt sein, weil es sich
nicht selber retten kann
6
Am Achtzehnten im ersten Monat sah ich
fünf mal tausend Leut'
Von meinem Volk, die ließen sich
abführen in den Tod
Und Deutsche – zwei nur von den
Mördern sah ich, ganze zwei!
Die warn an diesem Tage umgelegt.
Im ganzen killten unsre zwölf
Nur zwölf! Und diese Feiglinge, die
schwer bewaffnet sind
Auf Grundeis ging der Arsch den Gojim,
darum schrien sie heut:
»Die Juden schießen!« traun zu zweit sich
nicht mehr in die Häuser rein
Nur noch im Rudel gehn sie los,
so jagen jetzt die Wölf

7
Ja, Wölfe! – Weit geklettert bin ich heut
mit jungen Juden. Hoch
Die Mauern, schiefe Dächer, voll mit
Schnee und Eis, ein Block
Von Zamenhofstraß' achtundfünfzig bis
zur Muranowska.
Still Von oben sind wir in das Haus
gekommen übers offne Dach
Ich blieb mit den Genossen auf dem
Boden liegen. Vier
Von unsern hangelten sich runter, und
von dort im dritten Stock
Da knallten sie zwei Mörder ab. Doch
von da oben selber sehn
Konnte ich nichts. Die Schüsse
hörte ich, den Höllenkrach

8
Zur Milastraße ging ich dann mit
einundsechzig andern los
An diesem Abend warn wir reich: Wir
hatten schon Revolver und
Ein paar Gewehre auch. Dann gegen
Morgen teilten wir uns auf
Ich saß auf einem kalten, schmalen Boden, hundert ungefähr
Warn wir. Da hat 'ne Frau gehustet – und nochmal – da sprang
Wie'n Tiger leise zur ihr einer, und er hat gewartet eine Stund
Mit ausgestreckten Nägeln, scharf wie Kralln. Er hat
Gewartet auf den nächsten Husten, doch da kam nix mehr

9

’Ne Woche später kehrte ich zurück in meine Werkstatt, in
Der Nowolipie sah ich viele, die warn weg. Es ging sehr gut
Uns umzubringen, und auch auf der Leszno ging es leicht
Auch deshalb haben sie das mit den Werkstätten gemacht
Wo bist Du, Bitsch? Bundist warst du, ein kleiner halber Goj
Es hat nicht lang gedauert, und schon
wurdest du ein ganzer Jud
Auch auf der Leszno hat man uns bequem
gekascht an jedem Tag
Gleich umgelegt oder von dort aus
auf Transport gebracht

10

Wir werden weniger von Tag zu Tag.
Wer stirbt hier noch normal
Schön sterben wie man früher starb,
das schafft heut keiner mehr
Den einen trifft ’ne Kugel auf der Straße,
’n andrer wird zerhackt
In der Zelazna Nummer Hundertdrei.
Man möchte schrein »Gewalt!«
Ja, schrei: Gewalt! Was hilft ’s. Man
möchte auf den Straßen brülln
Die Hände ringen. Nur noch
ein Vergnügen gibt es: ein Gewehr
’ne Knarre kaufen! und mit der dann
in die Wälder gehn als Partisan
Auch Zvi, mein Sohn, will nichts als
mit ’ner Waffe in den Wald

11

Schrumpfjuden gibt es unter uns, Gestapospitzel, solche wie
Den Alfred Nossig – ewig ausgelöscht soll dieser Name sein!
Und Polizisten, Juden! Selber Juden, gehn sie auf die Judenjagd
Und haben an die Nazis sich verkauft.
Doch gibt 's auf dieser Welt
Noch Trost. So mancher Lump ward
abgeknallt wie'n toller Hund
Denn besser noch, zehn schlechte Juden
sterben als ein Nazischwein
Doch manchen Geldsack lassen unsre Leute
leben. Man kassiert
Bei den Verrätern lieber eine Steuer:
Waffen kaufen kostet Geld

12

Schleichwege gibt es von der Leszno über Böden unterm Dach
Zur Nowolipie und von dort zur Smocza runter auf ein' Hof
Wenn man von dieser öden Straße (mit Revolver, das ist klar)
Rechts abbiegt und durchs Loch in einer dicken Mauer kriecht
Ist man im alten Ghetto. Kommt ein Deutscher,
renne bloß nicht los
Geh frech dein' Weg, du hast 'ne Waffe, und der ist nicht doof
Du bist ihm nicht geheuer und so macht er einen Bogen – nun
Mein teurer Freund, noch mehr Entgegenkommen gibt es nicht

13
Wir wollen alle überleben. Und zugleich
hat man das Leben satt
Ich will, daß mich der Schlag trifft,
schlafen, Schluß und aus
Die allerletzten Juden werden jetzt
mit ihren Werkstätten verlegt
Errichtet werden neue Arbeitslager
in der Gegend von Lublin
Ich nicht. Ich bleibe hier. Hier, wo es
einen Bunker für mich gibt
Ich fänd auch keinen Arier, zu dem ich
hin kann. Hier noch raus
Kam mancher, der Verwandtschaft hat,
die ihm ein' Reisepaß
Besorgt – mich haben sie vergessen,
und ich kann nicht fliehn

14
Für meine Leute bin ich tot. Geb Gott, sie hätten damit recht
Doch werd ich nicht verenden hier, mich bringt man um
Ich gehe auch nicht mehr auf Arbeit in die Nowolipkistraß'
Die Werkstatt dort ist liquidiert. Mein faules Fleisch, ich leg 's
Bei 'nem Bekannten in der Leszno
schon seit Tagen auf ein Bett
Ein junger Mann erzählt, was er gesehn hat,
alles. Der kam rum
Er lief durch Poln und fand in Städten
und in Städtchen nichts
Nicht einen Juden sah er mehr
und traf auch keinen unterwegs

15

Das war zwei Tag vor Pessach. Und am
Vortag früh vorm Passahfest
Ging 's auch zu Ende mit der Lesznostraße,
dort in mein'm Versteck
Lag ich in dem Kanonendonner Tag für
Tag. Toll in der Nacht
Das Licht, wenn man die Flammen
hoch zum Himmel lodern sieht
Die Mauern brennen restlos aus, mit
ihnen auch der kleine Judenrest
Das Feuer wütet und beleuchtet schön
die Szenerie. Der höh're Zweck
Ist klar: Das Ghetto brennt so hell, damit
er, der da in der Loge glotzt
Den letzten Akt von oben sehen kann. Das
war das End vom Lied

[9.–13. 1. 44]

Fünfzehnter Gesang
Nach all dem

1

Das Ende. Feuer
flackern über Warschau in den Himmel hoch
Der hüllt bei Tage sich in Rauch,
grell in die Nächte flammt das Licht
Das hatten wir schon mal erlebt, vor
langer Zeit und anders. Gott
Wies durch die Wüste uns den Weg als
Feuersäule in der Nacht
Bei Tag als Wolkensäule. Und mit
Freuden ging mein Volk gestärkt
Im Glauben seinen Weg voran, mit seiner
ewig jungen Zuversicht
Und jetzt das Ende. Ausgetilgt von dieser
Erde sind wir. Schluß
Ganz gleich, ob groß, ob klein,
man hat uns diesmal alle umgebracht

2

Warum? O fragt mich nicht und frage
niemand noch: Warum?
Denn jeder weiß Bescheid, vom nettesten
bis hin zum ärgsten Goj
Der arge Pole half den Deutschen und
der nicht so üble schaute bloß
Mit einem Auge hin, und mit dem andern
tat er so, als ob er schlief
Laß sein, 's wird keiner Rechenschaft
einfordern, keiner fragt
Und forscht: Wie konnte das geschehn!
Schluß mit der falschen Scheu
Wir sind nun einmal Freiwild. Jeder darf uns.
Wir sind vogelfrei
Für die modernen Menschenfresser sind wir
nichts als Corned beef

3

Unter den Polen fischten sie sich
alle Freiheitskämpfer raus
Nur solche. Freilich, der Verdacht genügt,
zum Sterben braucht es nur
Daß einer treu zu seinem Volke steht.
Noch hemmungsloser hat
Man Russen umgebracht, ob Dorf,
ob Stadt, in jedem Falle reicht
Das Wörtchen: Partisan!
Bei uns jedoch wurd alles weggerafft
Die Kinder aus der Wiege, Babys
riß man aus der Mutter raus
Wer lebend in Treblinka ankam, ward
mit dummen Sprüchen eingelullt
Man hat die Opfer für 'nen
reibungslosen Tod geschickt geeicht

4
Es hieß: »Ihr zieht euch aus,
legt eure Kleider ordentlich da hin
Die Schuhe bindet ihr zusamm' in Paarn.
Laßt hier, was ihr besitzt
Ihr werdet alles wieder brauchen,
die Klamotten, eure Schuh
Ihr kommt zurück und findet eure Kleider,
wenn ihr sorgsam packt
Wo kommt ihr alle her? Von Warschau?
Kommt ihr grad aus Prag?
Geht in die Dusche, nehmt ein Bad.
Aus Saloniki? Oh la la, Paris!«
Und Tausend stopft man in den
Riesenwaschraum rein. Tür zu
– bis sie erstickt sind,
warten schon die Nächsten splitternackt

5
So brachte man uns weg und um.
Transporte rollten an von überall
Fast sieben Millionen kamen her von
Norwegen bis Griechenland
Aus Rußland bis vor Moskau. Und
ich rechne auch mit ein
Die Judenkinder alle, die im Mutterschoße
schliefen, die zähln auch
Und sollte es noch Juden geben in
Amerika, in Erez Jisroel
Dann klagt auch unsre Kinder ein
in aller Welt! Klagt alle ein
Auch die noch nicht das Licht der Welt
erblickten, zähl ich mit
Die Kleinen, die im Gas erstickt sind,
Gott! in Mamas Bauch

6
Nein, mein »Warum?« bekümmert keinen
Lebenden mehr auf der Erd
Nur tote Steine fragen in den Häusern,
die jetzt leer dastehn
Und jede unbewohnte Wohnung fragt
in Orten, die verwüstet sind
In hundert Städten, tausend Städtchen:
Was habt ihr gemacht?
Die Mauern fragen, denn sie sind ja
gar nicht leer geblieben, nein
Es schickt ein andres Volk sich an,
in unsre Häuser reinzugehn
Ein andrer Menschenschlag mit
andrer Sprache zieht jetzt ein
Und anders ist der Tag dem hell
– und anders dunkel seine Nacht

7
Es wird die Sonne, wenn sie aufgeht
über kleinen Flecken, nie
Mehr einen Juden treffen, nicht in Litaun
und nicht mehr in Poln
Noch trifft die Sonne einen Alten, der
am Fenster steht und strahlt
Und keinen, der in' Bart sich ein paar
Psalmen murmelt, keinen, der
Zur Betschul eilt. Gewiß, die
Morgensonne wird wie eh und je
Den Bauern mit der vollen Fuhre
auf sein'm Weg zur Stadt einholn
Zum Jahrmarkt, aber lauter Gojim!
Ein Gewimmel, was'n Greul
Denn proppevoll wird 's auf dem Markte sein
und dennoch tot und leer

8
Es wird kein Jude weit und breit noch irgendeine Kirmes ziern
Beleben mit dem Geist des Handels nimmermehr den Platz
Kein Kaftan wird in Zukunft durchgeschwitzt und abgewetzt
Wer trägt die Säcke voll Kartoffeln, Kohl
und Mehl noch hin und her
Nicht rühren wird sich keines Juden Hand
zum Schleppen nicht
Kein Hühnchen wird gekuschelt und kein
Kälbchen kriegt 'n Klaps
Und das besoffne Bäuerlein peitscht
in sein Pferdchen alle Wut
Die volle Fuhre fährt zurück ins Dorf.
Es blüht kein' Handel mehr

9
Und Judenkinder wachen nie mehr auf aus keinem Schlaf
Voll lichterfüllter Träume, morgens, wenn die Hähne krähn
Und gehn nicht mehr zur Schule, spieln nie mehr im Sand
Und machen keinen Ulk, sehn nie mehr eine Spatzenschar
Ihr lieben kleinen Jungs mit eurem tiefbeseelten Strahleblick
Ihr Engelchen von dieser Welt, ihr Mädchen, sanft und schön
Ihr allerliebsten Kätzchen, immer wart ihr sauber abgeleckt
Auch wenn's Gesichtchen schmutzig war und wirr das Haar

10

Fragt nach Scholem Alejchem und
Bialik nicht, ihr überm Meer
Nicht, nach Jehupez, Kasriliwke,
’s lohnt nicht, wenn ihr greint
Frag’ keiner mehr nach Menschen
wie Menachem-Mendelech
Kein Milchmann wie der Tewje
nagt nun noch am Hungertuch
Es klagt aus alten Büchern nur,
wie aus der Bibel der Prophet
Jesaja jammert, Jeremias, Jecheskel,
Hosea, so wie Amos weint
So wie der Held von Schalom Asch,
Reb Schlojme-Nagid, spricht
Und sein Ganove Motke,
alle gibt ’s nur noch als schönes Buch

11

Der Thora Stimme wird verstummen,
die Jeschiwes stehen leer
Betstuben gibt ’s nicht mehr. Kein
bleiches Talmudschülerlein
Vergeistigt von der Lernerei, vom
Sichvertiefen in den Text
– Quatsch bleich – was sag ich:
hell erleuchtet! war so’n Angesicht
Nun ist es ausgelöscht. Rabbiner und
Rektoren, Schriftgelehrte und
Genies. So mager und zerbrechlich
waren manche, vollgestopft
Mit Kommentaren, Bibelversen,
kleine Juden mit dem Forscher-Kopf
Mit hoher Stirn und klarem Blick
– vorbei. Zertreten ist das Licht

12

Und keine Mame wiegt mehr in den Schlaf ein Kind. Es wird
Nicht mehr gestorben bei den Juden und nie mehr geborn
Gesungen wird auch nie kein Lied mehr, das erfunden ist
Von einem unsrer großen Dichter, der das Herz tief rührt
Kein jüdisches Theater wird mehr spieln, in dem der Mensch
Frei lacht und hat dabei als Trost paar Tränen süß verlorn
Kein Musiker, kein Musikant, kein Maler wie Barczynski, der
Mit seinen Werken unsern Geist zu immer neuen Ufern führt

13

Nie werden Juden und an keinem Ort
in keinem Kampf mehr stehn
Sich opfern nimmermehr für irgend so ein
Wohl wildfremder Leut'
Wir werden nicht mehr heilen ungeachtet
eigner Leiden, wollen nicht
Mehr euer Elend lindern, mildern
nimmermehr des Fremden Schmerz
Bekloppter Goj, du blödes Vieh,
du hast von hinten abgeknallt
Den Jud. Dich selber aber traf die Kugel
auch! Nun sag: Gereut
Dich deine Dummheit? Keiner bringt nun mehr
dein Land zum Blühn
Und keiner schenkt dir nochmal
Seele, Geist und Herz.

14

Und meine Kommunist'n, Hitzköpf'!
nie mehr machen die sich breit
Bekämpfen nie mehr meine treuen,
freien Briderlech vom BUND
Ach Die! und Unsre! Dabei trugen beide
gleich und stolz das Joch
Der Welt. Und jeder von uns hat gekämpft,
gelitten und gestrebt
Chaluzím, unsre Jungen haben an die
Menschheit sich verschenkt
Verflucht hab ich so oft, daß ihr euch
beißt wie Katz und Hund
Mit unsern Roten. Doch nun jammert mich
das Ende dieses Streits
Denn würdet ihr noch streiten,
wüßt ich wenigstens: Ihr lebt.

15

Weh mir, da ist nicht keiner mehr ...
Und war mal 'n Volk.
Vorbei!

Und ausgelöscht ...
ein ganzes Volk.
Uns gibt es nun nicht mehr

Verflucht,
was für'n Geschichtchen!
Mit 'nem Bibelchen begann's

Von Moses steht's geschrieben
– schönes Märchen,
traurig, aber wahr –

Vom Kampf am Sinai
    mit Amalek
        bis hin zu unserm ärgsten Feind.

Dem Deutschen.
    Gott! O weite Himmel,
        breite Erde, o gewaltig Meer

Vernichtet all die Schlechten . . .
    nicht auf dieser Erde!
        Laßt sie machen, denn

Sie selber werden sich vernichten.
    Alle.
        Und für immer dar.

[15., 16., 18. 1. 44]
(Fassung vom 9. Mai 94)

Nachwort
Katzenelson, a Mensch

Nach allem, was ich las und nach all dem, was ich von Lebendigen, die ihn kannten, aufschnappte, war Jizchak Katzenelson ein Mensch, den die Juden in ihrer jiddischen Sprache »a mensch« nennen. Und das heißt auf deutsch übersetzt nicht etwa ein Mensch, sondern bedeutet: ein guter Mensch, ein menschlicher Mensch – mitfühlend, heiter, neugierig, hilfsbereit und ein bißchen verrückt.

Katzenelson unterschied sich aber auch von allerhand guten Menschen: Er war heftiger und tatkräftiger. Das Leben tat ihm mehr weh, und er hielt mehr aus. Und das hörte ich von allen, die ihn erlebten: Er war offenbar ein begeisterter Begeisterer, ein großer Tröster und Verführer und Ermutiger – also ein lieber Menschenfresser.

Er schrieb hebräische Gedichte und Lieder und Theaterstücke. Er lebte vom Unterrichten und lebte fürs Unterrichten. Er ging auf zwei kräftigen Beinen durchs Leben, ganz Pädagoge und ganz Poet. Er geriet dabei nicht ins Humpeln, will sagen: er tat beides mit ganzer Seele. Und das Heiligste im Leben warn ihm nicht die ewigen unzerstörbaren Kunstwerke, weder die fremden noch die eigenen, sondern er liebte die verletzlichen Kinder, die eigenen wie die fremden.

Seine Eltern hausten in einem Kaff in Weißrußland, nahe der Stadt Minsk. Als er 1886 auf die Welt kam, war er der Erstgeborene. Abraham, sein jüngster Bruder, war 20 Jahre jünger und fast schon wie sein Sohn. Bald zog die Familie um nach Lodz. Der Vater gründete einen reformierten Cheder, das ist eine Thora-Schule für Kinder. Aber das Lernen interessierte diesen Lehrer offenbar viel mehr als das Lehren.

Als Geldverdiener war der Alte eine Null, aber als Privatgelehrter und Literat eine große Nummer. Immerhin: Katzenelsons Vater Jakob Benjamin beteiligte sich an der Herausgabe der ersten hebräischen Enzyklopädie in Warschau.

Ein Sonderling war dieser Vater und ein verkrachter Dichter mit einer hölderlinschen Griechenlandliebe. Weil ihn die romantisierenden Shakespeare-Übersetzungen von Schlegel und Tieck ärgerten, verließ er für zwölf geschlagene Jahre die liebe Frau und seine hungrigen Kinder und reiste in die Schweiz, um ausgerechnet dort den Elisabethaner im Original zu studieren und zu genießen.

Weil kein Geld im Haus war, arbeitete der junge Dichter Jizchak schon nach der Bar-Mizwa als Kaufmannsgehilfe und danach als Lehrling in einer kleinen Textilfabrik, die einem Verwandten gehörte. Dennoch gelang es ihm, sich umfassend und tief zu bilden. Shakespeare gehörte zur näheren Verwandtschaft, Chaim Nachman Bialik und Scholem Alejchem waren seine Onkels. Petrarca, Gogol, Puschkin, Dante und Goethe waren seine Großväter, Plutarch sein Urgroßvater, Hiob war sein Urahne und Heinrich Heine sein Cousin. Religiös war Katzenelson nicht – aber als Autor der Bibel war und blieb Gott sein wichtigster literarischer Lehrmeister.

Mit der Ungläubigkeit der Juden ist das so eine Sache. Ich hörte einen hübschen Witz in den USA. Der kleine Junge kommt aus der Schule und erzählt seinen Eltern begeistert, daß der dreifaltige Christengott aus dem Vater, dem Sohn und dem heiligem Geist bestehe. Der jüdische Vater schreit: »Es gibt nur *einen* Gott! Und übrigens glauben wir nicht an ihn.«

Die Mutter des Dichters, Hinda, kam aus der Rabbinerfamilie Davidson. Sie war Lehrerin und brachte die Kinder durch. In einer Zeit, als gar nichts zu Essen da war, eröffnete sie eine Armenküche und fütterte so die eignen Kinder mit durch. Sie war eine unkonventionelle und tatkräftige Frau. Sie muß »unbeschreiblich weiblich« gewesen sein. Aber zugleich hatte sie in der Familie die Hosen an und wurde deshalb respektspöttisch »Zar Nikolaj« genannt.

1896, unter dem Eindruck des ersten Dreyfusprozesses, hatte Theodor Herzl seine Schrift »Der Judenstaat« verfaßt. Der aufkommende Zionismus und die Ideen des Sozialismus prägten das geistige Koordinatensystem, in dem diese Familie sich bewegte. Der kleine Katzenelson schrieb früh Gedichte, die auch publiziert wurden.

Solche Menschen wollten eine autarke jüdische Kultur schon in der Diaspora etablieren, und sie brannten darauf, sich selbst oder zumindest die kommende Generation auf ein Leben in Erez Israel vorzubereiten. So beschlossen die Katzenelsons um die Jahrhundertwende, mit ihren Kindern nur noch eine tote Sprache lebendig zu reden: Hebräisch. Als die Eltern beobachteten, daß die kleinen Brüder sogar schon in der uralten Sprache von Kain und Abel aufeinander losgingen, waren sie entzückt und befanden, daß das zionistische Sprachexperiment geglückt war.

Viele Juden, besonders in der osteuropäischen Diaspora, träumten um die Jahrhundertwende von einer Rückkehr ins Heilige Land. »Nächstes Jahr in Jeruschalajim ...« Und weil sie wild entschlossen waren, daß dieser Satz keine fromme Floskel bleibt, stürzten sie sich auch mit Feuereifer in die Sprache ihrer Urväter. Damit der Leser sich von der damaligen Stimmung unter jungen Juden ein lebendiges Bild machen kann, werde ich ein berühmtes Lied einfügen, das bis heute eine Art Hymne in Israel ist. Alle dort kennen es. Ein Saul Tschernichowski, der 1875 geboren wurde und 1943 in seinem Gelobten Land starb, schrieb dieses »Sachki Sachki!« mit 17 Jahren in Odessa. Ich lernte das Lied von Amos Oz und seiner Frau Nili im blühenden Städtchen Arad, also mitten in der Negev-Wüste.

Ich hatte – wie immer – zufällig meine Gitarre dabei und drückte mir das bißchen a-moll und d-moll und E-7 schnell in die Finger der linken Hand, eine slawische Weise. Nili Oz sang mit ihrer verwehten Mädchenstimme, und Amos, der humorvolle Spötter, sprach die Strophen mit einem heilig feierlichen Ernst. Ich verstand nichts. Aber ich sah, wie ihn die Worte trafen, als kämen sie zum allerersten Mal an sein Ohr, und das hat mich angerührt.

Das großsprecherische Pathos des Originals ist uns fremd geworden. Aber all zu kleinsprecherisch wollte ich die deutsche Fassung nicht machen. Die Worte klingen genau so leidenschaftlich wie das große Lied des Eugène Pottier. Sozialistische Gerechtigkeitsideale und Völkerfrieden. Die sozialistische Internationale hat nicht das Menschenrecht erkämpft. Die Verdammten dieser Erde wachten nach der Revolution im GULAG auf und verhungerten.

Im allerbescheidensten Sinne aber, auf das Land Israel beschränkt, hat Tschernichowskis pathetisch zusammengereimter Menschheitstraum sich als wahrhaft prophetisch erwiesen. Die israelischen Kibbuzim sind die einzigen Inseln, auf denen sozialistische Ideale praktisch gelebt werden. Es sind keine Inseln der Seligen in einem Narrenparadies. Aber immerhin: Tel-Aviv ist auf Sand gebaut und steht doch fest. Das mag der Grund sein, warum das Lied des jungen Träumers in Israel populär blieb. Wenn dort einer dieses Lied anstimmt, dann bleiben alle nach außen hin lässig sitzen, aber innerlich erheben sie sich feierlich. Man kennt und singt alle Strophen, obwohl Tschernichowski dies Gedicht im hohen Ton eines biblischen Hebräisch schrieb.

Saul Tschernichowski
CREDO

Liebchen, du verlach das Träumen
Ich, der Träumer, sag dir: Lach!
Weil ich doch an Menschen glaube
Weil ich mir noch Hoffnung mach

Meine Seele lechzt nach Freiheit
Goldne Kälber brauch ich nicht
Dir glaub ich, und ungebrochen
Glaub ich an des Geistes Licht

Dieses Licht sprengt eitle Ketten
Es verscheucht des Herzens Not
Wer da schafft, soll nie mehr hungern
Brot genug! und auch Seelenbrot

Lach, weil ich an Freundschaft glaube
An dein Herz, das blüht und reift
Das mein Hoffen teilt und stachelt
Freude spürt und den Schmerz begreift

Ja, ich träum sogar 'ne Zukunft
Doch ein Schwärmer bin ich nicht
Friede kommt und macht die Völker
Doch am Ende noch brüderlich

Endlich kommt mein Volk nach Hause
Neue Menschen wachsen nach
Frei von Haß und frei von Ängsten
Frei von all unsrer Sklavenschmach

Wir wolln schaffen, lieben, leben
Wirklich im Gelobten Land
Häuser baun, nicht in den Wolken
Aber in den Wüstensand

Und dann denkt ein neuer Sänger
Blumen sich voll Anmut aus
Meinem Grab entsprießt dann die Rose
Für sein' schönsten Liederstrauß

Die politischen Erschütterungen der Februarrevolution 1905 in Rußland gingen auch an der großen Industriestadt Lodz nicht vorbei. Als das zaristische Regime sich an den geschlagenen Aufrührern rächte, floh Jizchak Katzenelson nach Warschau. So entwischte er nicht nur seinen Häschern, sondern geriet in das Zentrum einer sich entwickelnden hebräisch-jiddischen Literaturszene. Er traf dort berühmte Literaten und Dichter wie Isaak L. Perez, David Frischman, Salman Schneúr und H. D. Nomberg, die ihn beachteten.

Jizchak Katzenelson gründete dann und leitete in Lodz eine hebräische Privatschule, in der Jungen und Mädchen mit modernen Lehr- und Erziehungsmethoden vom Kindergarten bis zum Abitur gebracht wurden. Die Schule florierte, und so gelangte die Familie endlich zu einem bescheidenen Wohlstand. Ansonsten engagierte Katzenelson sich für das jüdische Waisenhaus in Lodz und knüpfte zusammen mit ähnlichen Schulen ein festes Netzwerk.

Für seine Schüler brauchte er brauchbare Schulbücher. Also verfaßte er moderne Kinder-Lieder und neue Gedichte und kleine Theater-Szenen. Er schrieb auch biblische Geschichten so auf, wie er sie für den säkularen Unterricht brauchte – all sowas gab es ja in der hebräischer Sprache noch nicht.

1910 waren seine ersten hebräischen Gedichte in Warschau unter dem Titel »Dimdumim« erschienen – zu deutsch: Die Dämmerungen. Er schrieb aber auch Feuilletons, lebendige Geschichten über die Leute in den jüdischen Schtetlach.

Sein Drama »Anu chajim umetim« war das erste hebräische Stück, das vom jüdischen Theater »Habima« in Moskau gespielt wurde.

Nebenbei gründete er 1912 in Lodz ein hebräisches Theater und schuf populäre Stücke – mit denen die Schauspieler in ganz Osteuropa auf Tournee gingen. Es muß ein lebendiges Leben gewesen sein. Die Photos aus dieser Zeit, die ich im Archiv des Kibbuzes Lochamej Hagetaot fand, zeigen einen wohlgenährten reifen Mann mit Glatze: Ein selbstbewußter Schuldirektor und erfolgreicher Theaterimpressario, ein potenter Schriftsteller und ein geachtetes Mitglied der jüdischen Gesellschaft, kurz: ein Mann in den besten Jahren. Das Familienphoto zeigt: der ruht in der Liebe zu seiner schönen jungen Frau und seinen drei prächtigen Söhnen.

Katzenelson wurde oft mit Hiob verglichen, und das ist schon deshalb absurd, weil dessen schlimme Geschichte ja gut ausging: »Und Hiob starb alt und lebenssatt.« Aber in seiner guten Zeit ging es Katzenelson so gut wie dem Hiob in dessen guter Zeit, also bevor Gott die brutale Schamlosigkeit beging und wie ein süchtiger Spieler mit dem Teufel um des frommen Mannes Seele pokerte.

Die Floskel, Katzenelson sei auf dem Foto mit seiner jungen Familie ein Mann »in den besten Jahren ...« soll bedeuten: Katzenelson war schon etwas älter, als er endlich heiratete. Sein Neffe Benni verriet mir auch warum: Der Dichter hatte seine Jugendjahre in einer romantischen Liaison mit einer reifen Frau genossen. Es war die schöne Mutter der Gattin seines Bruders. Über seine Geliebte schrieb er den komischen und hinreißenden Satz: »Keine deutsche Frau war so tief ergriffen von Beethoven wie du, Esther Dombrowska ... «

Aber das normale bürgerliche Leben nahm seinen Lauf. Der Schuldirektor heiratete dann seine hübsche und kluge Sekretärin Hanna, und er schwamm mit ihr im Glück durch einen Blumenstrauß aus Odessa, gemalt von Marc Chagall.

Zwei Mal in den dreißiger Jahren besuchte er auch im Gelobten Land seinen Bruder Abraham im Kibbuz Shefaim und seine berühmten Cousins Jizchak Tabenkin und Berel Katzenelson. Berel galt als der zionistische Kautsky, und Tabenkin war ein führender Kopf der Kibbuz-Bewegung. Als sie den Dichter drängten, mit seiner Familie bei ihnen zu bleiben, sagte er: Ich hab noch in Polen zu tun – und fuhr zurück. Das zionistische Palästina war sein Traum, aber das antisemitische Polen war sein Leben.

Mit dem Überfall der Deutschen auf Polen hatten diese heiteren Jahre ein Ende. Acht Tage nach Kriegsbeginn eroberten die Deutschen Lodz, wo der Dichter 35 Jahre gelebt hatte.

Anders als in Warschau liquidierte die Gestapo in Lodz erstmal die jüdische Führungsschicht und zerschlug jüdische Organisationsstrukturen, die sie im Warschauer Ghetto benutzte, um den Massenmord eleganter zu organisieren. Katzenelson versteckte sich bei verschiedenen Freunden, denn er wurde von der Besatzungsmacht gesucht. Nach drei Monaten hörte er endlich auf seine Frau und floh nach Warschau.

Die Gestapo requirierte seine Schule als ihr Hauptquartier. Als die Stadt Lodz judenrein gemacht und nun unter dem Namen Litzmannstadt dem Deutschen Reich zugeschlagen worden war, gelang es seiner Frau Hanna (1900–1942) mit den drei Söhnen Zvi, Ben Zion und Jom auch nach Warschau zu entkommen. Katzenelson war selig, daß er wieder mit seinen liebsten Menschen zusammen war – und es machte ihn zugleich todtraurig, daß er ihren elenden Zustand nicht wenden konnte.

Viele polnische Juden versuchten damals, in die zerbombte Hauptstadt zu fliehn, denn dort hofften sie, in der Solidarität einer riesigen jüdischen Bevölkerung besser geschützt zu sein. Aber von überall strömten die Flüchtlinge in die Trümmerstadt und verschlimmerten noch den Hunger und die Wohnungsnot. Die Familie vegetierte in wachsendem Elend und geriet mit all den anderen Juden Schritt für Schritt in eine lähmende Niedergeschlagenheit. Die neue Situation hatte dem Dichter die Sprache verschlagen. Aber langsam rappelte er sich wieder auf, so wie andere auch. Er begann gegen den verordneten Tod anzukämpfen. Er verband sich enger mit der sozialistischen und zionistischen Jugendorganisation DROR (zu deutsch: Freiheit). Er las mit neuen Augen seine geliebten Hiob und Jesaja und

Hesekiël und haderte mit ihnen. Er warf ihnen vor, daß sie gar keine Propheten seien, sondern Schwätzer. Er verübelte es ihnen, daß sie den Untergang des jüdischen Volkes mit keiner Silbe vorhergesagt haben. Dabei hatten er selbst und die allermeisten Juden nicht die Phantasie gehabt, aus den Grausamkeiten der deutschen Besatzer, aus den Massenerschießungen und wachsenden Schikanen zu folgern, daß es einen Plan zur Ausrottung des ganzen jüdischen Volkes geben könnte. Man nahm es mehr als die deutsche Version eines traditionellen Antisemitismus, wie man ihn auch von den Polen und den Russen gewöhnt war. Denke nur an das Lied von Mordechaj Gebirtig über den polnischen Pogrom von 1938: »Es brent, briderlech, es brent ...« Das war ja noch vor dem Einmarsch der Deutschen.

Was später »Endlösung« genannt wurde, überstieg den finstersten Erfahrungshorizont der Juden. Man erwartete Massaker, aber keinen Völkermord.

Der euphemistische Terminus »Wohngebiet der Juden« für das Ghetto täuschte die Allermeisten. Im Nachhinein notierte Katzenelson seinen Eindruck aus der ersten Zeit nach der Besetzung Polens:

»In den ersten Monaten nach Ausbruch des Hitlerkrieges wurde ich Zeuge von Greueltaten, von Deutschen verübt, die ich nicht zu Papier bringen kann, weil es keine Worte gibt, die deren Grausamkeit angemessen widergeben. Damals wurden täglich nur hie und da eine Anzahl Juden ermordet, so daß es aussah wie beiläufige, zufällige Untaten, obgleich sie auf Befehl ausgeführt wurden, in Übereinstimmung mit einem sorgfältig vorbereiteten Plan.«

Im Laufe des Jahres '42 wurden Katzenelsons Gedichte und Texte immer düsterer, immer bitterer und voll böser Ahnungen. Am Sederabend 1942, als das Pessachfest gefeiert wurde, traf Katzenelson sich im Ghetto mit Lehrern. Die Haggada wurde gelesen, das ist der Bericht über die Flucht der Juden aus der ägyptischen Knechtschaft. Wie üblich wurde des Propheten Elias gedacht, des Trösters der Elenden und des Boten der Hoffnung auf den Erlöser. Aber Katzenelson sah schwarz. Er sagte den jungen Leuten in einer kleinen Rede, die überliefert ist: »Richtet euch darauf ein, daß diesmal mit unserem Propheten Elias auch der Engel des Todes kommt und uns, anders als wir immer hofften, erlöst.«

Am Vorabend des hohen Trauertages (Tischa be Aw), an dem die Juden der Zerstörung Jerusalems gedenken, kam das, was alle erwartet hatten: Die Räumung des Warschauer Ghettos. Als am 22. Juli '42 die Deportationen losgingen (in der Nazi-Sprache: »Aktion zur Übersiedlung«), hörte auch der heimliche Schulbetrieb im Ghetto auf. Etwa eine halbe Million Juden wurden nach und nach auf dem Umschlagplatz in die Waggons gepfercht und gingen ins Gas von Treblinka.

Als die Deutschen plötzlich forderten, daß täglich nicht sechs-, sondern zehntausend Juden sich zur »Umsiedlung« – also zur Reise in den Tod bereithalten sollten, nahm der Vorsitzende des Warschauer Judenrates Adam Czerniaków sich das Leben. »Mehr«, sagte Marcel Reich-Ranicki, der in dieser Zeit für den Judenrat im Ghetto als Übersetzer arbeitete, »mehr kann man von einem Menschen nicht verlangen.« Czerniaków hatte im Grunde auch die Funktionen eines Bürgermeisters inne: Versorgung, Armenküchen, kommunale Hygiene, Polizei. Er mußte die Befehle einer mörderischen Besatzungsmacht befolgen oder quittieren. Unter seiner Leitung hatten seit dem Einmarsch der Deutschen 25 verschiedene Abteilungen gearbeitet mit insgesamt 6000 Angestellten.

Er wurde angefeindet und von der Untergrundbewegung scharf kritisiert. Juden wie Katzenelson trauerten diesem Mann nicht besonders nach, denn sie hielten ihn für ein willfähriges Werkzeug in den Händen der Deutschen. Nach allem, was man inzwischen weiß, seine Tagebücher wurden gefunden und auch veröffentlicht, war er ein zutiefst aufrichtiger Mensch, der an einem tragischen Konflikt zerbrach. Katzenelsons Verachtung gegen die jüdische Polizei war grenzenlos. Aber ganz am Anfang, als das Ghetto eingerichtet wurde, sah alles noch nicht so menschenfeindlich aus.

Am 21. 12. 1940 notierte der betagte Lehrer Chaim Aaron Kaplan: »Die Bewohner des Ghettos fangen an zu denken, sie seien in Tel-Aviv. Kräftige, zuverlässige Polizisten aus den Reihen deiner Brüder, zu denen du in Jiddisch reden kannst... Ein jüdischer Polizist, ein Mann mit menschlichem Feingefühl... einer von unseren eigenen Brüdern.« Später wurden die Polizisten verflucht. Und als die Deportationen nach Treblinka losgingen, waren diese jüdischen Polizisten der Schrekken des Ghettos.

Katzenelson erinnerte sich am 22. Juli '43 in seinem Tagebuch so an das Ghetto:

»Diese Polizisten – und zwar ohne Ausnahme – waren das Niedrigste vom Niedrigen, verdorben bis ins Mark, von niederträchtigster Gesinnung. Jeglicher Kontakt mit ihnen ist widerlich. Sie sind genau das richtige Menschenmaterial für die Deutschen. Diese Sorte Mensch war eine reiche Beute für sie. Gleich und Gleich gesellt sich gern. Die Raubtiere, die Deutschen kneteten diesen verfaulten Teig, schoben ihn in ihren Ofen, und raus kam jener häßliche verdrehte Bastard, der sogenannte jüdische Polizist, bar jeglicher Jüdischkeit und bar jeglicher Menschlichkeit. Er ist ein deutsches Produkt, Geist vom Geiste dieses mörderischen Volkes.«

Obwohl der alte Jizchak Katzenelson zu den »unproduktiven Elementen« gehörte, die zuallererst von der Polizei zum Umschlagplatz geschleift wurden, gelang es ihm, mit Hilfe von Freunden, einen der begehrten Arbeitsplätze in einem der kriegswichtigen Betriebe im Ghetto zu ergattern. Er besaß auch einen Arbeitsausweis, der ihn vor Deportationen retten sollte. Als Vater und Sohn am 14. August '42 aus der Fabrik kamen und merkten, daß Hanna und die beiden Kleinen, Ben

Zion und Jom, deportiert worden waren, geriet Katzenelson in einen vernunftseisigen Wahnsinn. Er schrieb nun wie besessen und fast nur noch in der verachteten jiddischen Sprache.

Am 18. Januar brach die erste Revolte im Ghetto aus. Katzenelson wurde mit einer Gruppe junger Kämpfer der DROR von den Deutschen belagert. Er soll in diesem Moment gesagt haben: »Ich bin glücklich, daß ich zusammen mit den Chaluzim sterben werde. Wir gehn zugrunde mit der Gewißheit, daß das jüdische Volk auf immer und ewig leben wird.« Es gelang den Eingeschlossenen, zwei deutsche Soldaten zu töten und für diesmal den Angriff auf ihr Haus zurückzuschlagen. Die Episode erzählt der Dichter denn auch in seinem Großen Gesang.

Kurz vor dem großen Ghettoaufstand, der am 19. April '43 begann, hielt Katzenelson eine Rede: »Wir müssen kämpfen. Wir müssen das Glück genießen, wenn schon, dann im Kampf unterzugehn ...«.

Als der Aufstand endlich losging, war Katzenelson erleichert und tief befriedigt. Er sah ja nur noch die Alternative, abgeschlachtet zu werden oder im Kampf zu fallen.

So war es selbstverständlich, daß er und sein Sohn im Ghettoaufstand mitkämpften. Und dies ist genau der Moment, wo das Poem endet. Der bewaffnete Widerstand war in diesem modernen Drama die Kathársis – wie im Leben, so im Kunstwerk. Die dramatische Logik dieses großen Klageliedes verlangte als Finale einen Bruch: das Ende der Klage.

Aber das Leben des Dichters war mit dem Ghettokampf noch nicht am Ende. »Antek«Jizchak Zuckermann, ein legendärer Kommandeur der ZOB (Jüdische Kampf-Organisation), die Kämpfer der Jugendorganisation DROR und die Kämpfer der HECHALUZ beschlossen, den alten Katzenelson und seinen Sohn Zvi auf die arische Seite zu schaffen. Ein provisorisches Versteck wurde für die beiden in der Marszalkowska-Straße 118 vorbereitet. Ein Schmuel Schejnberg hatte Beziehungen zum Schop »Toebbens«. Diese Fabrik war eine jüdische Insel im polnischen Teil Warschaus. Dorthin wurden Sohn und Vater und noch ein paar »Prominente« durch arische Straßen geführt, die früher zum Ghetto gehört hatten. Von dort aus konnte man leichter in den arischen Teil der Stadt schleichen. Ein polnischer Torwächter versteckte Katzenelson und schleuste ihn in einen Keller, der mit Geldmitteln der jüdischen Gemeinde unter dem Gewächshaus des polnischen Gärtners Mizceslaw Wolski in der Grojecka-Straße gebaut worden war. Dort saß Katzenelson drei Wochen zusammen mit 25 anderen Menschen bis Mitte Mai.

Dort erfuhr K. von einem Daniel Gusik, daß es die Chance gebe, echte südamerikanische Pässe zu besorgen, in die man seinen Namen eintragen könne. Diese Pässe hatten Juden in der Schweiz von verschiedenen hilfsbereiten südamerikanischen Botschaften und Konsulaten ergattert und sie dann nach Polen geschickt, um bestimmte Menschen aus dem Ghetto zu retten.

Als die Pässe endlich in Warschau ankamen, waren die allermeisten Juden, für die diese Pässen bestimmt waren, längst umgebracht. Die Gestapo hat sich also diese Pässe gekrallt und ließ sie auf der arischen Seite in Warschau im Hotel Polski von jüdischen Mittelsmännern verkaufen.

Mit diesem Köder lockte die Gestapo wohlhabende Juden aus ihren Verstecken im arischen Teil der Stadt und machte noch einen Gewinn. Außerdem hatten die Deutschen ein Interesse daran, sogenannte Austauschjuden zu sammeln, die man gegen internierte Deutsche im feindlichen Ausland eintauschen wollte.

Ein Paß kostete 500 bis 1500 US-Dollar oder 100000 Zloty. Ein Kontingent wurde von der Gestapo direkt an Juden und ihre Familien kostenlos verteilt, die sich als Oberpolizisten oder Spitzel im Ghetto besonders verdient gemacht hatten. Ein Teil der Pässe wurde aber auch von der Widerstandsbewegung für ihre Leute von den Mittelsmännern der Gestapo erpreßt oder gekauft.

Obwohl Antek Zuckermann mißtrauisch und gegen die Tour mit den Pässen war, nahm Katzenelson für sich und seinen Sohn die Papiere aus Honduras. Wir wissen heute, daß er im Keller unter dem Gewächshaus wahrscheinlich überlebt hätte. So starb er womöglich, grad weil er seine Überlebenschancen verbessern wollte. Aber das ist eine Rechnung mit zu vielen unbekannten Größen. Man könnte genauso gut sagen: Er überlebte als Dichter seines Volkes, weil er sich in Vittel die Frist verschaffte, die er noch brauchte, um das Poem über den Untergang seines Volkes zu schreiben. Wer kann wissen, ob Katzenelson im Bunker unter dem Gewächshaus sein unsterbliches Poem überhaupt zustandegebracht hätte. Hunderte jüdische Paßbesitzer, wie Katzenelson, meldeten sich also bei der Gestapo und warteten im Gefängnis auf den Transport.

Am 22. Mai '43 kam Katzenelson zusammen mit sechzig anderen Paßbesitzern aus Warschau im Vorzugs-KZ Vittel an. (Offiziell war es ein ILAG: Internierten-Lager Vittel. Front Stalag Nr. 194.) Die Zusammensetzung der Gruppe muß herzzerreißend heterogen gewesen sein. Wenn ich an die Passagen in Katzenelsons Poem denke, in denen er die jüdischen Verräter schildert, kann ich mir des Dichters Gemütsverfassung vorstellen, denn er mußte nun mit all den falschen Lateinamerikanern aus Warschau unter dem einem Dach des Hotels PROVIDENCE leben. Reiche Juden, jüdische Kollaborateure und jüdische Kämpfer. Eine dramatische Konstellation zum Verrücktwerden! Dort hausten an die dreihundert polnische Juden mit solchen dubiosen Pässen, unter ihnen 67 ganze Familien.

Gemessen am Vegetieren im Warschauer Ghetto ging es Katzenelson nun gradezu luxuriös. Er hatte Muße, sich heftig über Lappalien zu ärgern, darüber, daß sein Sohn Zvi rauchte und sich in ein nichtjüdisches Mädchen verliebte. Er notierte: »Während der letzten zehn Monate hatte ich nicht ein solch geräumiges Zimmer, geschweige denn eins mit solch einem

Bett zum Schlafen drin. Und trotzdem habe ich viel größere Angst vor Bedrückungen als je vorher.«

In sein Vittel-Tagebuch notierte er eine Beobachtung aus dem Fenster des »Providence«: »Ich sehe gegenüber jüdische Frauen. Sie reden ordinäres Polnisch. Sie kreischen. Sie sehen wie Nutten aus. Wenn sie nicht so kreischen, kann ich in Ruhe weinen.« Als jemand bei offenem Fenster Geige übte, giftete Katzenelson in seinem Tagebuch: »Falls die Mörder meiner Frau und meiner Söhne mich nicht umbringen – dann wird es diese Geige tun . . . «

Man soll also nicht mutmaßen, Katzenelson sei ein Trauerkloß gewesen. Im Gegenteil, der Humor und die Selbstironie verließen ihn nie. Er munterte seine verzweifelten Freunde auf und war in all seiner Niedergeschlagenheit oft auch ausgelassen und übermütig und sang bei jeder Gelegenheit Lieder vor. Ohne Instrument, nicht grade bel canto, aber laut und mit Lust und Leidenschaft.

Katzenelson hielt sich in Vittel streng abseits und verkehrte nur mit fünf, sechs zuverlässigen Freunden, unter ihnen Dr. Nathan Eck aus Lodz und Myriam Novitsch, eine junge polnische Kommunistin, die sich als christliche Nichtjüdin ausgab. Eng freundete er sich im Lager auch mit einer Dresdener Jüdin an, die aus Nazideutschland nach Palästina entkommen war. Sie hatte aber den Fehler gemacht, mit ihrem britischen Palästina-Paß nochmal nach Frankreich zu reisen, und dort war sie von den Nazis gekascht worden. Ihr Name: Ruth Adler. Sie war blutjung, tief religiös und . . . verzaubert von Katzenelson. Er vertraute ihr, und sie rettete sein Poem durch alle Kontrollen und Fährnisse und überbrachte die fünfzehn Zettelchen und ein Testament der Familie des Dichters.

Ich fragte Ruth Adler: »Wie sah Katzenelson aus in Vittel? Die Tuschezeichnung aus dem Ghetto zeigt ihn wie einen verhungerten Totenkopf.«

Sie sagte: »Er hat mir vorgelesen, seine neuen Gedichte, aber oft auch die Propheten. Er las den Hesekiel so wild, als hätte er es grade selbst geschrieben. Er war besessen, nahe am Verrücktwerden. Er hat geweint. Ich hab ihn gehalten. Er hat gelacht. Wie soll schon ein Dichter aussehn, der grade den Untergang seines Volkes erzählt ...

Keiner durfte wissen, daß er heimlich schreibt. Er schloß das Zimmer ab, wenn er schrieb.

Mein Name und was ich getan hab, ist vergessen. Alle reden nur von Myriam Novitsch, weil sie das Museum in Lochamei Haghetaot aufgebaut hat. Sie reiste rum und erzählte Gott und der Welt ihre Geschichte mit den Flaschen, soll sie. Aber ich hab das Manuskript gerettet ... aus deutschen Händen ... und konnte dafür getötet werden. Myriam grub die Flaschen erst aus, als es nicht mehr gefährlich war ...«

Ich fragte Benni Katzenelson, der Myriam Novitsch gut kannte und Ruth Adler gut kennt. Er lachte mit seinem schiefen Zahn und mit seinen graden Augen und sagte: »Mensch! Natürlich war es auch eine Love-Story. Zwei sehr junge Frauen, die beide verliebt waren in einen reifen und verzweifelten Mann, der seiner ermordeten Frau und seinen Kindern wie im Wahnsinn nachtrauerte und seinem ganzen Volk. Und beide in aller Unschuld eifersüchtig aufeinander auch nach seinem Tod und bis in den Tod. Ich bezweifle sehr, daß mein Onkel mit den beiden Frauen was gemacht hat. Aber beide haben ganz bestimmt mit ihm was gemacht: sie retteten sein großes Gedicht, die eine mit den Flaschen, die andre mit dem Koffer. Ganz egal – beide weihten danach ihr Leben dieser begeisternden Begegnung. Ruth Adler, sie war religiös und mystisch veranlagt, lebte aber nach dem Unabhängigkeitskrieg 1948, an dem sie teilnahm, ein normales Menschenleben und heiratete einen älteren Mann genau in Katzenelsons Alter.

Myriam Novitsch, ein rationaler Mensch, tatkräftig, antireligiös. Sie lebte im Kibbuz immer zusammen mit vielen Menschen und war im Kollektiv sehr einsam. Sie hatte sich als Kommunistin in der Résistance frische Blumen unter den weiten Rock gesteckt. Dann war sie zu einer Stelle gegangen, wo grade ein Märtyrer des Widerstands ermordet worden war, und ließ an der Stelle die Blumen fallen. Dabei wurde sie von der französischen Polizei erwischt und an die Deutschen ausgeliefert. So war sie ins Lager Vittel geraten. Dort versuchte sie, sich als fromme Christin zu retten. Die Begegnung mit Katzenelson hat aus ihr wieder eine jüdische Jüdin gemacht. In ihren Erinnerungen ist das schön beschrieben. Sie widmete ihr Leben dem Aufbau des Museums, das Katzenelsons Namen trägt. Und sie kümmerte sich unbeirrbar um die Verbreitung seines Werks. Beide Frauen entsprechen zwei Traditionen im Judentum: der aufklärerisch-sozialistischen, der rationalen Richtung – und der chassidisch-romantischen.«

Katzenelson hatte, kaum im Lager Vittel angekommen, gleich wie besessen losgeschrieben: Er stürzte sich in ein Projekt, das ihn von dem Alptraum ablenken sollte, den er in Warschau erlebt hatte. Er schrieb drei Szenen für »Hanibal«, ein Theaterstück über den Untergang der Stadt Karthago. Aber dann schmiß er hin. Die Flucht in ein dermaßen abgelegenes Thema half ihm nicht. Er konnte den Monstern der Erinnerung und dem Schmerz um den Verlust seiner liebsten Menschen nicht entfliehn. Also stürzte er sich wieder in das Thema, das ihn sowieso nicht losließ, und schrieb seine qualvollen Erinnerungen im Tagebuch nieder.

Natürlich gab es immer Streit unter den Juden über die Frage, ob man sich assimilieren sollte oder lieber heute als morgen ins Gelobte Land übersiedeln. Katzenelson selbst, wie wir ja sahn, war in diesem Punkte nicht immer einer Meinung. Er schwankte schon in den zwanziger und dreißiger Jahren zwischen dem Wunsch, in Erez Israel zu leben und doch lieber in Polen in der vertrauten Welt sich zu bewähren. In seiner Wut auf die jüdischen Verfechter der »doigkeit«, also gegen die führenden Vertreter jener Konzeption, die für das Dableiben, für das Verharren in der Diaspora eintraten (do : da), notierte Katzenelson am 24. Juli '43: »Hätte es Millionen Juden im Lande unserer Vorfahren gegeben, dann würden diese nicht nur dort am Leben geblieben sein ... gerettet, sondern die verkommenen Bestien, diese Deutschen, hätten es nicht gewagt, nicht mal in der Diaspora, uns anzurühren. Weder das britische Ränkespiel, noch die Waffen der nazistischen Weltzerstörer hätten sich uns in den Weg gestellt. Ihr alleine seid es, wertlose, jämmerliche Lumpen, die unser Volk betrogen habt.« Starke Worte in der Wut geschrieben gegen Juden, die anders dachten als Katzenelson, die aber genauso ins Verderben gerieten und schon ermordet waren.

Ihn lähmte und stachelte zugleich die Angst, daß wenn er als einer der wenigen Überlebenden es nicht aufschriebe, später kein Mensch, auch kein Jude in Amerika, die Wahrheit über den perfekten Völkermord glauben würde. Am 20. August '43 schrieb er:

»Wer wird um uns trauern? Wer wird für uns ein Denkmal errichten ?«

Seine Grundhaltung hatte sich in einem wichtigen Punkt geändert. Er dachte und fühlte nicht mehr nur nach dem jüdischen Grundsatz der Heiligkeit des Lebens um jeden Preis (Kiddusch ha Chaim), sondern nun auch nach dem Gesetz der Heiligkeit des Märtyrertodes (Kiddusch ha Schem). Wenn schon sterben, dann mit Würde und Stolz und Trotz.

Weder sein lebensfrohes Temperament noch seine früheren romantischen Gedichte und Lieder über die Liebe und das Licht und seine gereimten Schwärmereien über irgendwelche allerschönsten Nächte im verheißenen Lande Kanaan, und schon gar nicht seine drolligen Kinderlieder prädestinierten ihn eigentlich als Autor für den Großen Gesang vom Untergang des jüdischen Volkes. Von ihm konnte man ein Glas frisches Wasser erwarten, ein Fäßchen Kinderbrause, ein Kübelchen Kwaß oder einen Kasten Sekt, aber nicht den schmerzaufreißenden Bittersaft aus Galle und Haß und Herzblut und Tränen.

Dennoch wurde genau dies seine Bestimmung. Und ich weiß auch genau warum: Zwei Tage nach dem jüdischen Neujahrsfest (Rosch ha-Schana), also am 3. Oktober 1943, schnarchte Gott im Himmel. Aber um die Mittagszeit riß ihn ein Höllenschreck aus dem Schlaf. Nachdem er über 5711 Menschenjahre (das sind fünf Götterminuten) in einem Nickerchen vor sich hingedöst hatte, wachte er röchelnd auf. Ein Brechreiz würgte ihn. Der, dessen Name nicht genannt werden darf, der Schreckliche, der König der Weltzeiten, der Unvergängliche, der Alleinige, der Lebendige, der grausame Vater des auserwählten Volkes, der Einzige und Einige, der Eifrige und der Eifernde, der Barmherzige und der Rachsüchtige – soll er genannt sein, wie er will –, er hustete sich jedenfalls die Seele aus dem Hals.

Dem Gott Israels war nämlich plötzlich ein ätzender, ein ekelhaft süßlicher Rauch in die Lunge geraten. Ein millionenfaches Menschenopfer stieg stinkend von der Erde hoch, der Qualm verpestete ihm seine hinteren Himmelsgemächer. Gott sprang auf, rieb sich die brennenden Augen und starrte herunter auf die Menschenwelt. Da dämmerte ihm, was mit seinem auserwählten Volk geschehen war. Er traute seinen Augen nicht, denn er erkannte – deutlich wie auf einem Photo der alliierten Luftaufklärung – die geometrische Struktur der Barakkenstadt Birkenau, also das Lager Auschwitz II. Er sah die qualmenden Schornsteine der Krematorien. Als er tiefer gesunken war, entdeckte er sogar die Eisenbahngleise, die an der Rampe endeten. Er sah den Stacheldraht auf den Porzellanknöpfen. Gott hörte die Lagerkapelle den Todestango aus dem Janowska-Lager spielen. Dann sah er mit eigenen Augen, wie grade ein Transport Juden aus Lemberg ankam, danach ein Transport aus Lublin. Man brach grade die Plomben der Verschlußriegel weg, die Schiebetüren der Waggons wurden aufgerissen. Kadavergestank stieg ihm in die Nase, der Kot quoll mit den Menschen und Erbrochenem auf die Rampe. Über tausend Menschen taumelten unter Schlägen, Gebrüll und Hundegebell aus den Ladeluken herunter auf den Bahnsteig. Sie waren über den Rand eines wahnsinnigen Durstes in eine apathische Vernünftigkeit gekippt. Verwirrt stellten sie sich, nach Geschlechtern getrennt, in Reihen auf zur Selektion. Jeder zehnte wurde zur Arbeit ausgewählt, die anderen tappten zu den Duschräumen ohne Duschen.

In Panik raste Gott nun durch ganz Europa. Und als er sah, daß nichts mehr zu retten war, suchte er wenigstens nach einem sprachmächtigen Chronisten für diese Katastrophe ... So fand er unter den lebenden Dichtern nur noch Katzenelson, der ganz und gar kein eifernder, geifernder Poet des Zionismus war, sondern ein liebenswürdiger Sonne-Mond-und-Sterne-Dichter. Der saß da gefangen hinter Stacheldraht in einem Jugendstilpalast in Vittel. Halb verhungert und ganz verzweifelt schrieb er in diesem idyllischen Kurbad am Fuße der Vogesen gegen seine Verzweiflung an.

Wie sollte aber ein Talent, das ursprünglich nur Kinder wie Blumen und Blumen wie Kinder besang, wie konnte ein viel zu gutmütiger Mensch diese zynische Tragödie in Worte fassen? Katzenelson war einfach nicht gemacht für dieses Schmerzgebrüll. Für diesen Cante Jondo, der jedes menschliche Maß sprengt, war Katzenelson nicht der geborene Sänger. Und so donnerte Gott dem Poeten eine technische Schreibanweisung über den kahlen Schädel, die eigentlich aus einem zarten sephardischen Liebeslied stammt:

Der Himmel sei dein Blatt Papier
Als Tinte nimm die schwarze See
Als Feder greif dir einen Baum
Schreib auf, schreib nieder all das Weh

Katzenelson nahm daraufhin die Seiten eines DIN A 5 Schulheftes mit Rechenkaros, hockte sich an den Tisch in seinem Zimmer Nummer 107, und er schrieb mit seiner feinen Winzschrift von rechts nach links alles auf und schrieb alles nieder.

Seit jenem 3. Oktober 1943 bewegte sich Katzenelson nur noch in den 225 Strophen seines großen Gedichts. Am 18. Januar 1944 war er mit den 15 Gesängen fertig. In diesen drei Monaten las er seinen Freunden die frischen Verse vor, eine kleine Gütekontrolle unter Tränen und Lachen und wieder Tränen. Die Seelenökonomie all dieser Menschen war schon lange nicht mehr ausgeglichen und gelassen. Wer in solchen Zeiten normal bleibt, der war immer ein Idiot.

Der Leser weiß schon aus der Einleitung, daß der Dichter die wahrscheinlich erste Fassung seines Großen Gesangs in den drei Flaschen vergrub. Wie das im Kurpark von Vittel, der ja zum Lagerterrain gehörte, gelang, beschreibt Myriam Novitsch:

»Der Dichter steckte die Manuskripte in drei kleine Flaschen. Ich hatte ein Messer besorgt und eine Art kleine Feuerschaufel. Wir wählten einen Fichtenbaum aus, der einen Riß hatte, genau der sechste in einer Reihe von sechs Fichten, nahe einem Fußballplatz. Katzenelson stand Schmiere, während ich die Erde aushob. Sobald sich jemand näherte, gab er mir ein Zeichen, worauf ich meinen Mantel über das Loch warf, das ich gemacht hatte. Wir beide setzten uns dann auf eine Bank und taten so, als würden wir die Zeitung lesen. Auf diese Art war es mir möglich, die Flaschen tief in der Erde zu verstekken, unter den Wurzeln der Fichte. Nachdem, ich die Erde wieder in das Loch geschaufelt hatte, verteilte ich ein paar trockene Blätter über die Oberfläche. So ein bißchen dachte ich daran, daß der Tag kommen und ich die Schätze ausgraben würde.«

Nach dem Abzug der Nazis grub sie die Flaschen aus und schaffte das Manuskript nach Paris zu Katzenelsons Freund Nathan Eck.

Ich hielt die heiliggehüteten Blätter im Museum der Warschauer Ghettokämpfer nun in der Hand und sah die vielen Korrekturen. Ganze Strophen waren durchgestrichen, ein Arbeitsmanuskript.

Der Dichter wußte offenbar genau, was er da zustandegebracht hatte, denn er sorgte dafür, daß insgesamt sechs Fassungen des Poems an verschiednen Orten deponiert wurden. Wie sollten wir diesen Aufwand anders verstehn als die Hoffnung, daß er mit »Dos lied vunem ojsgehargetn jidischn volk« doch noch Menschen erreicht. Was für ein ungebrochenes Pathos der Aufklärung mitten im Weltuntergang!

Ich fuhr nun nach Vittel und ließ mich wie ein Tourist von meiner Frau Pamela vor dem Hotel Providence fotografieren, unter einer Gedenktafel, die auf Initiative von Myriam Novitsch angebracht wurde. Ich traf eine alte Frau, die dort ein Beerdigungsinstitut betreibt. Sie hatte als junges Mädchen erlebt, daß es einzelnen Häftlingen sehr wohl gelang, zu fliehn. Katzenelson hätte also aus dem Lager entkommen können. Ich besuchte in Vittel auch einen alten Mann, Pierre Rothiot, der als Offizier in der Résistance gekämpft hat. Es stimmt: die französische Widerstandsbewegung hatte Katzenelson sogar eine vage Hilfe bei der Flucht angeboten. Aber wo hätte einer wie er sich dann verstecken können? Katzenelson sprach Polnisch, Russisch, Hebräisch, Jiddisch und genügend Englisch und ausgezeichnet Deutsch – aber eben nicht Französisch. Er hatte kein Geld. Und da es in diesem Land mehr Feiglinge und Kollaborateure als Widerstandskämpfer gab und keinen vertrauten Freund, war Katzenelson davon überzeugt, daß es für seinen Sohn Zvi und für ihn selbst keine Chance gab im besetzten Frankreich. Der Poet kämpfte bis zuletzt kaum um sein Leben. Aber für das dichterische Werk mobilisierte er unglaubliche Energien. Katzenelson war nicht angetreten, der klassische jüdische Dichter zu werden, etwa ein Bialik oder ein Saul Tschernichowski – aber mit seinem Poem wurde er es.

Als er damit fertig war, ließ er sich – erschöpft – in ein hebräisches Projekt fallen. Er versuchte sich an einer Satire über das Führerhauptquartier, in der er die Nazigrößen verspotten wollte. Aber nach zwei Szenen gab er es auf.

Natürlich wußte die Gestapo, daß die schönen Pässe aus dem Hotel Polski alle falsch waren. Man hätte aber diese paar polnischen Juden gern ausgetauscht gegen internierte Deutsche im Ausland. Die traurige Wahrheit: die lateinamerikanischen Staaten weigerten sich, ihre illegal-legalen Landeskinder ins Land zu lassen. Und als das klar geworden war, hatten diese Juden als Tauschobjekt für Hitlers Geschäfte keinen Wert mehr.

Am 18. April '44 wurde das Hotel »Beausite«, in das die polnischen Juden hatten plötzlich umziehn müssen, von SS umstellt. Zwei, drei Häftlingen glückte noch die Flucht, an die zwanzig versuchten, sich umzubringen, nur vier schafften es.

Auf der kurzen Fahrt von Vittel in das zentrale Sammel- und Internierungslager Drancy gelang es dem dürren und gelenkigen Dr. Nathan Eck, sich durch einen Fensterspalt aus dem Waggon nach draußen zu quetschen. Seine üppige Frau kam nicht durch. Sie sagte ihrem Mann:

»Gehe wenigstens du, denn unsere Tochter lebt noch, du mußt sie finden.« Nathan Eck kam durch, er fand Freunde in Paris, die ihn versteckten und fand seine Tochter.

Jizchak Katzenelson und sein Sohn gehörten zu den 173 falschen »Lateinamerikanern«, die dann am 29. April vom Deportationszentrum Drancy bei Paris in Richtung Osten auf Transport gingen. Am 1. Mai kamen diese 1004 Häftlinge auf der Rampe in Auschwitz an.

1983, zum 40. Jahrestag des Aufstandes, veröffentlichte der Verlag der Ghettokämpfer in Israel eine französische Ausgabe des Poems. Myriam Novitsch schrieb darin ein Vorwort, dessen letzte Sätze mich verblüfften und faszinierten:

»Am 12. September 1944 wurde das Lager Vittel von alliierten Armeen befreit, aber nur noch wenige polnische Juden waren da, um die Befreier zu begrüßen. Ich habe mich sofort nach den letzten Spuren des Dichters auf die Suche gemacht, aber ohne Ergebnis.

Jahre später, während des zweiten Auschwitzprozesses in Frankfurt, wo unter anderen kriminellen SS-Leuten auch Hustek-Herber verurteilt wurde, der im Frühling 1944 damit beauftragt war, die Züge der Deportierten zu ›empfangen‹, erzählten Zeugen und auch der Angeklagte selber, daß der Transport, in dem Katzenelson sich befand, sich zur Wehr gesetzt hat und daß man Waffen einsetzte, um die Revolte der Gefangenen niederzuschlagen.«

Als ich das las, elektrisierte mich ein rabenschwarzes Glücksgefühl: einmal, daß überhaupt solch eine Rebellion auf der Rampe stattfand und zum anderen, daß es kein anderer als der Dichter war. Mein wunderbarer Katzenelson hatte also diesen letzten Aufstand gewagt. Er starb also nicht in der Gaskammer, sondern im Kampf. Es paßte so gut zu dem Bild, das ich von ihm habe, und es paßte so herzzerreißend schön zur Haltung, die er im Großen Gesang ja am Schluß feierte: den Widerstand.

Ich konnte mir nur nicht vorstellen, wie so etwas psychisch und physisch und vor allem logistisch möglich sein könnte. Denn die Menschen, nachdem sie viele Tage lang zusammengepfercht und ohne einen Schluck Wasser, isoliert in Waggons, den langen Weg nach Auschwitz hinter sich hatten, waren doch kaputt! Die mußten doch verwirrt und demoralisiert sein. Diese Juden aus Frankreich wußten weder, wo die Reise hingeht, noch wo sie mit dem Zug grad waren, wenn er mal wieder hielt.

Wer sollte also, rechnete ich mir aus, in diesem Moment die Nerven und die Kraft gehabt haben, sich zu wehren, geschweige denn einigermaßen organisiert gegen die SS vorzugehen. Für die Wahrscheinlichkeit dieser unglaublichen Geschichte sprach allerdings, daß Katzenelson und seine Freunde wissen mußten, wohin die Reise geht. Er und die andern Warschauer aus Vittel hatten gewiß keine Illusionen mehr.

Ich forschte nach, in den Protokollen der Auschwitzprozesse, aber ich fand keinen SS-Mann mit dem Namen Hustek-Herber. Und ich fand keine Zeugenaussagen über irgendeinen letzten Kampf auf der Rampe. Auch in Danuta Czechs »Kalendarium der Ereignisse im Konzentrationslager Auschwitz-Birkenau 1939–1945« fand ich keinen Hinweis auf solch einen Tod meines Helden. Dort steht unter dem Datum des 1. Mai 1944 in knappem Buchhalter-Deutsch:

»Mit dem 72. Transport des RSHA aus Frankreich sind 1004 jüdische Männer und Frauen und Kinder aus dem Lager Drancy eingetroffen. Nach der Selektion werden 48 Männer, die mit den Nummern 186596 bis 186643 gekennzeichnet werden, und 91 Frauen, die die Nummern 80569 bis 80695 erhalten, als Häftlinge ins Lager eingewiesen. Die übrigen 865 Menschen werden in den Gaskammern getötet.«

Gut, wir brauchen diese romantische Geschichte vom Widerstand auf der Rampe nicht, denn wir haben das Große Gedicht. Am Ende bleibt eine Frage: Wozu eine so genaue Chronik über all das Vergangene? Katzenelsons Lieblingsgoj, Goethe, formulierte die glänzende Antwort: »Eine Chronik schreibt nur derjenige, dem die Gegenwart wichtig ist.«

Das ist wahr. Im Streit um die Vergangenheiten werden ja immer die gegenwärtigen Menschenfeinde attackiert. Im Gezerre um versunkene Fakten, beim Rumschnüffeln im Leben der Toten hadern wir mit den Lebenden. Und so konnte ich mich nicht damit abfinden, daß die Geschichte vom Widerstand auf der Rampe am 1. Mai 1944 in Auschwitz Birkenau nur die verklärende Legende eines alten Mädchen sein sollte, das dem Schwarm ihrer Jugend im nachhinein eine heroische Schlußapotheose andichtet.

Von Amos Oz lernte ich mal eine Technik der Ohrmuschelvergrößerung. Wir waren vom Städtchen Arad aus ein paar hundert Meter in die Wüste geschlendert, Richtung Massada und Totes Meer. Am östlichen Horizont die Bergrücken des Königreichs Jordanien. Wir waren noch gar nicht so weit gegangen in dieser biblischen Landschaft, da blieb mein Freund stehn und sagte: »Höre mal! Höre mal diese absolute Stille! Das isses . . . genau das.«

Ich hörte und schloß die Augen. Mir wurde so angenehm schwindelig. Mein Kopf taumelte ein bißchen, aber ich hielt mich aufrecht. So standen wir beide eine kleine Ewigkeit. Und nun merkte ich, wie mir die Ohren wuchsen. Erst Hasenohren, dann Elephantenohren, dann Radarschirmohren. Ich schielte zu ihm rüber und sah, daß auch ihm schon gewaltig aufgespannte Lauscher gewachsen waren. Die Ohren wuchsen so riesig, daß mein Ohrläppchen in das Tote Meer lappte. Und da flüsterte Amos: »Hörst Du jetzt?« – »Nein, was denn?« – »Höre doch das Echo vom Echo vom Echo vom Echo vom Echo von vor dreitausend Jahren. Wenn Du ganz fein hinhörst, dann hörst Du das Echo von Jakobs Stimme. Hier war es ja, hier in Erez Israel. Hier stritt Stammvater Jakob, der Sohn Isaaks und Enkel des Abraham, mit dem Engel des Herrn. Jakob brüllte damals als erster Mensch wie ein Tier sein Menschsein dem Gott ins Gesicht.« –

Nun stülpte ich meine Ohren noch ein bißchen mehr aus und hörte tatsächlich Jakobs Schrei. Ich hörte den Vater der zwölf Stämme des Volkes Israel. Ich hörte an Ort und Stelle im Heiligen Land den großen Hinker, der auch Fersenhalter und Überlister und Gottes-Kämpfer genannt wird. Ich hörte das Echo vom Echo vom Echo und verstand das trotzigstolze Wort aus seinem Mund: »Ich bin ein Mensch!«

Nun sitze ich wieder im schönen Altona an der Elbe. Und was ich in der Negev-Wüste gelernt habe, gelingt mir gelegentlich auch hier im üppigsten Grün. Wenn ich tiefer lausche, stört mich nicht einmal der Geräuschpegel, wie er vom Containerhafen am Athabaska-Kai bei Südwestwind herüberweht.

Das Echo vom Echo vom Echo, nach welchem ich nun meine Ohren spitzte, war kinderleicht zu hören. Zumindest für einen, der das wesentlich leisere, das ururalte Echo von Jakobs Stimme schon mal herausgelauscht hatte, war es ein Klacks. Was ich unbedingt mit eigenen Ohren hören wollte, war ja erst grad eben passiert, an jenem 1. Mai 1944.

Ich vernahm das Gebrüll von der Rampe, mit dem sich die ankommenden Juden des Transports Nummer 72 aus Frankreich auf die SS-Leute in Auschwitz stürzten. Ich vernahm, so nennen es die Jidden, ein Balagán, ein wüstes Durcheinander. Befehle, Hundegebell, Gekreisch und Schüsse.

Es war nicht ein Ringen auf Leben und Tod mit dem Engel Gottes. Es war ein aussichtsloser Kampf auf Tod und Tod mit den schwarzen SS-Engeln der Hölle. Ich hörte das Echo der Salven aus einem Maschinengewehr vom Wachturm. Und dann hörte ich die Stimme meines Dichters. Ja, ich hörte Jizchak Katzenelson schrein und will sein letztes Wort bezeugen: »Ich bin ein Mensch!«

Katzenelson, der Jid
(oder über die Arbeit des Übersetzers)

Mitten im Sommer 1993 saß ich mitten in der Negev-Wüste, also mitten in Israel, in der heißen Mitte eines heißen Tages, mitten in der kleinen Stadt Arad, mitten im kühlen Schatten eines blühenden kleinen Gartens hinter dem Haus von Amos Oz. Wir tranken Tee und lösten mal wieder endgültig die letzten Probleme der Menschheit. Wir staken mitten in dem heillosen Dauerthema Juden und Araber.

– Die Araber und die Juden, klärte Amos, sollen sich ja nicht lieben, sie sollen nicht mal dicke Freunde sein, ja nicht mal besonders nette Nachbarn – sie sollen einfach und erstmal lernen, nebeneinander ohne Krieg zu leben ... Erstmal Distanz nach all dem. Zwei Staaten. Dann sieht man weiter und kommt sich vielleicht und sehr langsam näher.

– Dann wäre es ja, sagte ich, ein bühnenblutiger Blödsinn, daß mein Freund Eran Baniel am Khan-Theater in Jerusalem nun so symbolträchtig Shakespeares Romeo und Julia in jüdisch-arabischer Besetzung auf die Bühne bringen will.

– Stimmt, sagte Amos Oz, der arabische Romeo und die jüdische Julia sollen weder in ein gemeinsames Bett noch in ein gemeinsames Grab. Sie sollen ... – er unterbrach das Gespräch und sagte: *Hör mal das jetzt!*

»Aaalte saaaa-chn!! aaalte schiiiii-ech!!! – *Was ist das? Wer ist das? Was ruft der da?*

»Aaalte saaaa-chn!! aaalte schiiiii-ech!!! – *das ist ein Beduine,* sagt Amos Oz, *der sammelt Lumpen. Verstehst Du die Worte? – Nein. – Keiner hier, aber ich weiß was es bedeutet. Es ist jiddisch: alte sachn, alte schiéch. –*

Ist das nicht irre? Hier mitten in der Negev-Wüste in Israel läuft ein Araber durch die Straßen und redet jiddisch. »Alte Sachen, alte Schuhe« ruft er aus. Er tut es in einer Sprache, die kein Aas in Arad versteht und er selber schon gar nicht. Sein Urgroßvater hat diesen Ausruf von einem jiddischen Kleiderhändler abgelernt. Aber die Kinder jenes alten Jidden verstehn kein Jiddisch mehr, sie sprechen Iwrith. Alle wissen, was gemeint ist: Der israelische Araber sammelt Lumpen bei den jüdischen Israelis. Das blieb übrig von der jiddischen Sprache.

Für das Land Israel ist dieses traurige Wort wahr. Von der jiddischen Sprache blieben dort nur noch ein paar ausgelatschte Schuhe und ein mottenzerfressenes und zerschlissenes Wortgelumpe übrig.

Allerdings gibt es in Jerusalem einen Stadtteil, in den sich nur wenige Touristen verirren, er heißt Mea Scharim, zu deutsch korrekt übersetzt: Hundert Tore. Aber das ist falsch, denn der Name dieses Stadtteils zitiert die Thora: »Hundertfach sollst Du ernten, wenn . . .« Dort leben tiefreligiöse Juden unter sich. Sie sprechen jiddisch. Sie lernen Talmud, sie treiben Kleinhandel mit jüdischen Devotionalien, sie lernen, schneiden Gebetsriemen, lernen wieder, verfertigen Mesuses, lernen und lernen, schreiben Thorarollen, lernen, machen acht bis zehn Kinder lernen und lernen weiter . . . und lehren die Kinder das Lernen und sterben als gute Jidden.

Sie tragen ihre orthodoxen Kostüme, geschneidert nach den Modellen der alten Jidden-Zeit in Galizien, Odessa und Litauen. Der feine feste Stoff ist ihnen schon in die bleiche Haut eingewachsen. Die Mames mit den rasierten Schädeln unter dem Kopftuch, die bleichen ernsten Jeschiwa-Bucherim, die Jingeles mit den hübschen Peijes, den traditionellen Schläfenlocken. Viele von ihnen weigern sich, auch nur ein Wort Iwrith für den banalen Alltag zu mißbrauchen. Hebräisch ist für sie die heilige Sprache, nur für heilige Dinge.

Eine Gruppe unter ihnen nennt sich die »Wächter der Stadt« (aramäisch: *Naturej Karta).* Sie verachten Israel, sie respektieren den Staat nicht, in dem sie leben und von dem sie leben. Sie beziehen ihren Lebensunterhalt hauptsächlich aus dem großzügigenen Kindergeld, das der Judenstaat kinderreichen Familien zahlt. Diese Regelung stammt aus den Pioniertagen des Zionismus, man wollte eben, daß die viel zu wenigen Juden in Palästina möglichst viele Kinder kriegen.

Es ist eine Ironie der Geschichte, daß nun hauptsächlich diese ultraorthodoxen Juden sich dieses Kindergeld er-Kindern. Sie wollen nicht – denn aus religösen Gründen dürfen sie den Staat Israel nicht anerkennen. Nach ihrer Doktrin kann ein neues Israel nur vom Messias begründet werden, wenn also der Langersehnte endlich kommt und dafür sorgt, daß alle Juden fromm nach den halachischen Gesetzen leben. Und dieser Erlöser wird jiddisch reden, das ist – nebbich – klar. Bis der Messias endlich kommt, mickert diese jiddische Enklave vor sich hin, feindselig geduldet von den säkularen Juden, die Steuern zahlen müssen und ihren Armeedienst abreißen.

Ein wirklich unbekümmertes normales Menschenleben als Jid kann man heute vielleicht noch in Brooklyn, New York leben. Dort kommt man mit Jiddisch durchs ganze Leben, von der Beschneidung über die Bar-Mitzwa bis zur Beerdigung. Man kann in Jiddisch Abitur machen und studieren. Und wenn man im eigenen Stadtteil bleibt, kann man sich sogar ohne ein einziges Wort Englisch durchs Leben schlagen, genauso wie im Chinesenviertel oder im spanischen Teil der großen Stadt hinter dem breiten Rücken der Freiheitsstatue.

In Israel aber wurde die jiddische Sprache im Kulturkampf für das Hebräische verächtlich gemacht, verdrängt, verboten und vergessen. Die jiddische Sprache wurde als Jargon des unterdrückten und feigen Ghettojuden abgelehnt. Alles was mit Diaspora zu tun hatte, stank nach Schwäche, nach Knoblauch und Zwiebeln und Angst. Der linke Zionismus war eine Rebellion gegen die jiddische Sklavensprache, gegen das gedrückte Leben in der Diaspora und gegen einen hilflosen Gott.

Jetzt, wo der Sprachenkrieg endgültig entschieden ist, kommt eine kleine nostalgische jiddische Welle. Alte Leute, die es sich selbst ein Leben lang versagt hatten, im jiddischen »Jargon« zu sprechen, reden nun, vor dem Tode, wieder ungeniert in der Sprache ihrer frühen Jugend. Der Kreis hat sich geschlossen. Aber auch einige jüngere Intellektuelle versuchen, den jiddischen Faden wieder aufzunehmen. Dieses Jahr traf ich den Dramatiker Sobol in Tel-Aviv, den Autor des »Ghetto«-Stücks.

– Woran arbeiten Sie?
– Ich schreibe ein jiddisches Stück.
– In jiddisch??
– Ja, warum nicht . . .
– Aber können Sie denn überhaupt jiddisch?
– Ja, das heißt nein. Meine Großmutter sprach mit mir jiddisch.
– Gut, aber reicht das Kinderzeit – Jiddisch von der Großmutter überhaupt aus für 'n ganzes Theaterstück?
– Wir werden sehn.

Der Leser weiß inzwischen, daß Jizchak Katzenelson vor den Deutschen Truppen in Lodz nach Warschau floh und so in das Ghettoleben geriet. Jeglicher Schulunterricht war den Juden verboten. Aber heimlich wurde gelehrt und gelernt. Die DROR-Leute und die Chaluzzim organisierten illegale Seminare und Vorträge. Katzenelsons Körper wurde immer magerer, aber seine Seele blühte auf. Im Ghetto gab es in der ersten Zeit sogar Konzerte und Theater-Aufführungen. Katzenelson schrieb für die Ghettobewohner Stücke, er verfaßte Hunger-Gedichte und Kälte-Lieder, die heimlich im Ghetto vervielfältigt wurden.

Er unterrichtete, wie immer schon, wieder Hebräisch, er lehrte die biblischen Geschichten und bildete Lehrer aus. Ein junges Mädchen, das bei ihm damals lernte, hat überlebt. Ich traf sie im Kibbuz Revivim, im Süden der Negev-Wüste. Yonath Sened ist inzwischen eine bekannte Schrifstellerin in Israel, und sie erinnert sich lebendig an ihren legendären Lehrer.

Seine romantische Ader, seine Freude an singbaren Texten, drängten Jizchak Katzenelson zu den Gedichten von Heinrich Heine. (1924 war ein Bändchen mit Heineversen in Katzenelsons Hebräisch erschienen.) Wie zerrissen aber Katzenelsons Liebe zu Heine war, spürte ich, als mir Yonath Sened eine Episode aus dem Warschauer Ghetto erzählte.

Ich fragte sie die Kinderfrage: Wie war Katzenelson?

Yonath Sened lächelte: Wunderbar. Enthusiastisch war er, meistens – und manchmal niedergeschlagen. Und immer wollte er was erzählen, was erklären, was zeigen.

Katzenelson analysierte uns in der Bibelstunde ein kleines und berühmtes Gedicht aus dem ›Buch der Lieder‹. Die Liebesgeschichte vom nördlichen Fichtenbaum, der sich nach einer südlichen Palme sehnt. Kannste Dir wohl denken, das leuchtete uns in diesem kalten Polen sofort ein.

Ein Fichtenbaum steht einsam
Im Norden auf kahler Höh.
Ihn schläfert: mit weißer Decke
Umhüllen ihn Eis und Schnee.

Er träumt von einer Palme,
Die, fern im Morgenland,
Einsam und schweigend trauert
Auf brennender Felsenwand.

Plötzlich unterbrach Katzenelson seinen Unterricht und klagte: »Dieser Heine! Dieser große wunderbare Dichter! Dieser Idiot! Er hätte wahrlich mehr für sich getan und mehr für die Juden und für die ganze Menschheit, wenn er ... lieber gleich hebräisch geschrieben hätte und nicht in der verfluchten Sprache des Mördervolkes ...« Als ihm die Schüler widersprachen,

fluchte Katzenelson, er beharrte auf seiner Meinung. Dieser Streit muß eine absurde Szene gewesen sein, denn Katzenelson wechselte nun in der Wut – und merkte es gar nicht – vom Hebräischen rüber ins Jiddische. Überhaupt schrieb er nun mehr und mehr in der mame-loschn. Der hebräische Dichter übersetzte im Ghetto sogar das Buch HIOB ins Jiddische.
Myriam Novitsch überlieferte uns einen bedenkenswerten Satz des Dichters aus der Zeit in Vittel, als er an seinem Großen Gesang saß: »Wie soll man Sachen beschreiben, die die Menschheit noch nie erlebt hat – man müßte sich ja eine spezielle Sprache dafür ausdenken!« Auf dem Hintergrund des langandauernden Ringens um die Wiedergeburt der hebräischen Sprache ist dies ein irres Wort.

Leute, die es tiefer und genauer wissen, sollten mal darüber nachdenken und es uns womöglich erklären, warum Katzenelson zur Beschreibung dieses Unsagbaren, dieser nie dagewesenen Ungeheuerlichkeiten sich nicht nur keine neue Sprache ausdachte, etwa wie Ben Jehuda ein neues modernes Hebräisch, sondern sich in den Schoß der jiddischen *mame-loschn* zurückzog. War es ein konventioneller Schwächeanfall, oder war der Rückfall in die frühe Muttersprache eine wiedergewonnene Stärke? Galt hier vielleicht Heinrich Heines Vers über Anthäus, den Sohn der Göttin Hera?

Der Riese hat wieder die Mutter berührt
Und es wuchsen ihm neu die Kräfte . . .

Hatte Katzenelson die Hoffnung auf ein Volk verloren, das dermaleinst lebendig in der hebräischen Sprache leben wird? Oder verschlug ihm der millionenfache jiddische Schrei der Toten seine hebräische Sprache? Und was ist mit seinem Vorwurf gegen Heine, der doch lieber hätte Hebräisch schreiben sollen . . .? Ein psychologisches und linguistisches und ein poetologisches Rätsel, das ich nicht lösen kann.

Als ich ihn im Kibbuz Shefaim in seinem Häuschen nach all dem ausfragte, sprach Katzenelsons Neffe schön anschaulich über das Sprachenproblem seines berühmten Onkels:

»Wenn Katzenelson im reißenden Strome schwamm und Angst vorm Ertrinken hatte, dann redete er jiddisch. Aber wenn er im Boot über den Fluß paddelte, sprach er hebräisch. Im Hebräischen war Katzenelson mehr romantisch, da war er mehr ›Heine‹. Aber in Jiddisch war er mehr realistisch, mehr ›Goethe‹. Heine war für ihn die Sprache des Geistes und des Herzens und der Hoffnung. Goethe war das richtige und praktische Leben.«

Ich will den Leser nicht mit einer gelehrten Abhandlung über die Geschichte der jiddischen Sprache langweilen, die findet sich besser in jedem gediegenen Fachbuch. Aber ein paar Beobachtungen, die ich beim Übersetzen aus dem Jiddischen machte, mögen von Interesse sein.

Ein jiddisches Gedicht oder Lied gut ins Deutsche rüberzuziehn, das ist nicht so einfach, wie ich dachte. Und manche, die weder Jiddisch noch Deutsch können, raunen bedeutungswabernd: Das ist unmöglich!

Der Laie weiß immerhin, daß die Basis der jiddischen Sprache ein viele hundert Jahre alter deutscher Dialekt ist. Als die aschkenasischen Juden vertrieben wurden, hauptsächlich aus dem Rheinland, da siedelten sie sich im Osten an, die meisten in Polen, in Litauen und in Weißrußland.

Die großen Pogrome und Vertreibungen begannen im zwölften Jahrhundert, sie wiederholten sich im fünfzehnten und sechzehnten. Martin Luther verstand in seiner Jugend sehr gut, daß die Juden nicht zum verrotteten katholischen Glauben konvertieren wollten. Er schrieb sogar eine Schrift mit dem Titel: ›Daß unser Herr Jesus Christus ein geborener Jude ist (1523).‹ Als der große Reformator aber merkte, daß das verstockte Volk der Juden auch sein protestantisch gesäubertes

Christentum ablehnte, da forderte er hemmungslos zum Massenmord an den Juden auf. Im neunzehnten Jahrhundert gab es noch einmal einen Schub in östlicher Richtung. Und weil diese Völkerwanderungen die allermeisten Juden in slawisches Sprachgebiet verschlugen, mischten sich in ihr Tajtsch polnische, russische und ukrainische Sprachelemente. Regional sikkerten auch baltische und sogar ungarische Wörter in das mitgeschleppte rheinländische Althochdeutsch und Mittelhochdeutsch. Das Jiddische ist wie ein Mädchen, das auf der Flucht in jedem neuen Land mit dem fremden Sprachschatz ins Bett mußte.

Ihr »Tajtsch«, wie es die verjagten Juden im Gepäck hatten, war von Anfang an tief durchwachsen von hebräischen Elementen, denn die hohe, die heilige alte Sprache der Juden blieb in verwertbaren Brocken immer lebendig in diesem Volk. Die Gebildeten unter den Juden sprachen etwa so Hebräisch wie die Christen Latein. Wobei Jiddisch ihre Muttersprache war und Hebräisch Vatersprache.

So besteht also das Ostjiddische aus vielleicht zwei Dritteln Deutsch und zu einem Drittel ist es ein Hebräisch und Slawisch.

Dabei habe ich die Beobachtung gemacht, daß klar abzugrenzende Segmente dieser Sprache deutsch, hebräisch oder slawisch geprägt sind. Fast alles, was mit Arbeit zu tun hat, also insbesondere mit Handwerksarbeit, ist slawisch. Kein Wunder, denn wenn man auswandert, dann muß man in der Fremde erst mal die Worte lernen, die man braucht, um sich dort in den Arbeitsprozeß einfügen zu können. Wer nicht weiß, was Sichel und Hammer heißt, kriegt eben womöglich eine Ohrfeige. Alles was mit der jüdischen Gemeinde und mit höheren geistig-religiösen Dingen zu tun hat, stammt natürlich aus dem Hebräischen. Und alles Privat-Familiäre blieb »Tajtsch«.

Die Jidden nennen ihre Sprache mame-loschn – zu deutsch:

Muttersprache. Das deutsche Wort Mutter ist verkoppelt mit dem hebräischen »Laschon« = Zunge, Sprache.

Es gibt Worte mit einem deutschen Stamm und hebräischer Endung, und es gibt umgekehrt hebräische Worte, die mit deutschen Präfixen oder Suffixen behandelt sind, als wären es deutsche Worte. Schon im Titel dieses Poems ist gleich so ein Beispiel »ojsgeharget«. Das Wort »hargenen« kommt aus dem Hebräischen und heißt töten. Das jiddische Wort »Harige« bedeutet Massaker. Mit der deutschen Vorsilbe »ojs« – also: »aus-getötet« wird das hebräische Wort dramatisch verstärkt, verschlimmert. Das Wort »ojsgeharget« übersetzt sich dann mit aus-gelöscht, aus-gemerzt, aus-gerottet, ab-geschlachtet, hin-gemetzelt, um-gebracht, vernichtet, ermordet.

Ich beobachtete das Gesicht von Yonath Sened, als sie an diesem Wort kaute. Das Echo eines Schauders, der Abglanz eines apokalyptischen Horrors ging über ihr Warschauer-Ghetto-Gesicht. »ojs-ge-har-get – das ist so schrecklich, das kann man gar nicht übersetzen, in keine Sprache, auch nicht ins Iwrith«, sagte sie.

Der Leser soll wissen, daß ich im Laufe der letzten dreißig Jahre allerhand Lieder und Gedichte aus dem Russischen, aus dem Schwedischen, aus dem Englischen und Spanischen und Französischen und sogar Hebräischen in mein Deutsch gebracht habe. Natürlich verstehe ich all diese Sprachen nicht oder bei weitem nicht so gut, wie der wohlmeinende Dilettant vermuten könnte.

Ob ich ein Shakespeare-Sonett ins Deutsche bringen kann, das hängt absolut nicht davon ab, ob ich das Englische so fluently spreche wie die Engländer.

Ich will es kurz und provokant sagen: Man muß kein einziges Wort einer Sprache verstehen, aus der man ein Gedicht oder ein Lied nachdichtet. Wer Ahnung hat, der weiß es aus eigener Erfahrung: Es gibt bei solcher Arbeit als poetischer

»Transportarbeiter« nur eine einzige Schwierigkeit, an der denn auch die allermeisten scheitern: die eigene Sprache.

Dabei ist klar, daß man sich helfen lassen muß, ja sogar dann, wenn man Englisch fast wie ein native speaker oder fließend Russisch spricht. Was heißt schon »sehr gut«... Man findet immer jemanden, der beide Sprachen als Muttersprache spricht und alles tiefer und komplexer und raffinierter versteht. Wenn man sich aber die Sprachelemente von solch einem lyrischen »Hilfsarbeiter« heranschleppen läßt, so wie ein guter Baumeister die Steine, den Mörtel und die Balken, na dann kommt es nur noch darauf an, ob man in der eigenen Sprache ein Haus baun kann, in dem es sich gut wohnen läßt.

Der Nachdichter muß Verse fügen wie ein Zimmermann die Balken, Zeilen wie der Maurer eine Reihe Ziegelsteine. Und bei jeder Kelle Mörtel muß der Dichter das ganze, das fertige Haus im Hinterkopf haben, auch wenn er es dann doch noch anders als geplant baut: Man kann nur einen Plan verlassen, den man hat. Katzenelsons geliebtem Goethe war dieses Produktionsprinzip natürlich klar: »Bei jedem Kunstwerk, groß oder klein, bis ins kleinste kommt alles auf die Konzeption an.«

Ich habe 1972 ein ganzes Buch (›Berichte aus dem sozialistischen Lager‹) mit russischen Gedichten des Juden Julij Daniel in mein Deutsch gebracht. Schrecklich schöne Gedichte eines Mannes, der fünf Jahre unter verschärften Bedingungen im mordowinischen GULAG litt und ... dort eigentlich zum Dichter wurde.

Die Baumaterialien für meine Übersetzung aus dem Russischen schaffte mir damals in Ostberlin heimlich ein deutscher DDR-Jude ins deutsche Sprachenland, ein Sprachengenie, dessen Namen ich damals nicht nennen durfte: Ilja Moser. Seine Eltern hatten ihn in der Emigration geboren. Natürlich wurden sie unter Stalin beide in der Sowjetunion bei den »Säuberungen« liquidiert, denn sie waren ehrliche Kommunisten.

Und so wuchs der Junge in sowjetischen Waisenhäusern auf. Ein feiner, kluger, lebenserfahrener und hochgebildeter Mensch. Zu jedem russischen Wort konnte er mir nicht nur die verschiedensten Bedeutungen liefern, sondern auch die Assoziationen, die beim russischen Leser provoziert werden, also: literarische oder historische. Mein Zuarbeiter konnte mir sagen, ob dieses Wort einen Bedeutungswandel durchgemacht hatte, er wußte, ob irgendeine Redewendung zur Hochsprache gehört oder zum Jargon, er konnte mir als Anmerkung notieren, ob ein bestimmtes Wort in der Sprachgeschichte auf- oder abgestiegen war – etwa aus dem Jargon der Gebildeten in den Jargon der Gosse. Wenn ich all diese Informationen habe, dann habe ich im Sinne der semantischen Information fast alles – aber im Sinne eines guten Gedichtes noch gar nichts.

Nun aber, mit dem Jiddischen des Jizchak Katzenelson, erging es mir noch anders. Die wirklich fremden Sprachelemente aus dem Hebräischen und Slawischen ließen sich nach bewährter Methode übersetzen. Ich brauchte dazu nur den polnischen Juden Arno Lustiger in Frankfurt, denn er spricht perfekt Iwrith, glänzend Polnisch, hervorragend Jiddisch, gut genug Russisch und ausgezeichnet Deutsch, und die westeuropäischen Dialekte Französisch und Englisch kennt er sowieso. Was will man mehr von einem Freund verlangen, der sich großzügig und geduldig als Transport-Hilfsarbeiter für eine solche niedere Arbeit zur Verfügung stellt. Er schleppte mir die tajtschen Steine ran, die hebräischen Balken und den slawischen Mörtel. Die ersten Gesänge hat er mir Wort für Wort roh übersetzt, aber dann hatte ich mich ins Jiddische eingearbeitet. Ich ging alleine weiter und half mir selbst. Schwierig und gradezu tückisch bei dieser Übersetzerei erwies sich das viele vertraute Deutsch im Jiddischen. Man könnte ja flott und falsch sagen: Das Jiddische ist schon eine Art Deutsch, ein deutscher Jargon, und also darf man es eigentlich gar nicht ins Deutsche übersetzen wollen, denn man tötet nur allen Charme dieser schönen Sprache. Ein Jude in Prag, Herr Franz Kafka, dachte so.

Aber das Problem für den Deutschen sind grade die deutschen Worte, die er alle versteht und dabei fast alle falsch. Für uns wimmelt es im Jiddischen von »faux amis«. So nennen die Übersetzer fremde Wörter, die meistens aus einem gleichen Stamm gewachsen sind und die man in der eigenen Sprache wiedererkennt und deshalb zu erkennen glaubt. Es sind aber Wörter, die im anderen Sprachkoordinatensystem einen anderen Stellenwert haben, inhaltlich oder emotional. Ein immer wieder zitiertes Beispiel: »a schmejchl« ist im Jiddischen kein Geschmeichel, sondern – englisch: smile – ein Lächeln. So stolpert man von einer Falle in die andere. Man macht vieles falsch und merkt es nicht, weil es ja oft nur ein bißchen falsch ist. Aber dicht daneben ist eben auch vorbei.

Es gibt übrigens auch zwischen dem modernen Iwrith und dem Jiddischen solche »false friends«, weil viele hebräische Worte im Jiddischen längst etwas anderes bedeuten als im Iwrith.

Wenn ich es mal springreiterisch verklaren darf: Der deutsche Reiter springt beim Übersetzen über die hebräischen und slawischen Worte, denn sie bilden die normale Sprachbarriere. Aber dahinter lauert ein verdeckter, tiefer tejtscher Graben. Und wer da nicht reinpurzeln will und sich das Genick brechen, der muß eben ein geflügeltes Pferd reiten. Wenn der Pegasus über dem Holzhindernis die Flügel ausbreitet, dann gleitet er noch ein paar Meterchen weiter und elegant über den Abgrund der sprachlichen Mißverständnisse weg.

Die deutschen Worte im Jiddischen haben sich in Jahrhunderten mit dem Deutsch in Deutschland auseinandergelebt. Selbst im gegenwärtigen Alltagsdeutsch wandeln sich verwirrend schnell die Bedeutungen mancher Worte. Mein Sohn findet den Computer »geil«, und ich werde mich hüten ihm einen dummklugen Sermon darüber zu halten, daß er dieses Wort falsch verwendet. In seinem Munde ist es ja goldrichtig.

Der Leser hat längst kapiert, und ich kann es kurz machen: La propre langue – that's the main problem. Ich muß an den lebendigen Bruchstellen meiner eigenen Sprache leben, dort wo sie abstirbt und immer neugeboren wird. Das ist alles – fast alles. Und wen außerdem die launischen Musen küssen, der könnte dann was Brauchbares zustande bringen.

Schon, wenn ich das erste Wort in der Titelzeile bei Jizchak Katzenelson lese und das folgende Poem bedenke, eine Art Epos, dann muß ich eben spüren, merken, wissen, daß jiddisch »dos lied« nicht deutsch mit »Lied« übersetzt werden darf. Gewiß, wir haben das Nibelungen-Lied, aber das ist lange her. Im heutigen Deutsch bedeutet »Lied« hauptsächlich das, was die Franzosen nicht Chanson nennen, sondern »Le lied«, also Franz Schubert – Schumann – Carl Loewe, womöglich noch Carl Friedrich Zelter, an dessen Liedertafel Goethe so gern Sauerkraut mit Männerchorwürstchen aß. Auch das deutsche Volkslied aus des ›Knaben Wunderhorn‹ ist Lied, und Lied wäre auch das tiefbetroffene Geheul eines Liedermachers. Aber was Katzenelson schrieb und meinte, das ist eine Dichtung, ein Gesang, der nicht gesungen wird. Ich nenne »Dos lied vunem ojsgehargetn jidischn volk« einen Canto General, einen Großen Gesang. Man könnte es sogar einen cante jondo nennen, denn so heißt bei Garcia Lorca ein »Gesang von tief innen«. Und wer Katzenelson ins Amerikanische übersetzt, der könnte sein Klagelied vielleicht *The Great Jiddish Blues* nennen – was geht 's mich an! Die eigene Sprache ist immer die höchste Hürde.

Zur deutschen Übersetzung, die es schon gab, will ich und darf ich kein Wort sagen. In der sogenannten Kunst gibt es wohl Haß und Liebe, es gibt Kunsturteile und Geschmacksurteile, es gibt wechselnde Moden, denen keiner ganz entgeht – aber es gibt keine nett gemeinten Artigkeiten. Es war ohne allen Zweifel ein großes Verdienst von Hermann Adler in Basel, daß er Katzenelsons Poem ins Deutsche brachte. Trotzdem wird Arno Lustiger gewußt haben, warum er mich in dieses Werk von Katzenelson reinzog, und das mag genügen.

Zur englischen, französischen, polnischen und hebräischen Übersetzung will ich ein paar Anmerkungen machen.

Die französische Version ist unvollständig, es fehlen einige Gesänge ganz. Darüber hinaus ist »le chant du peuple juif massacré« kein französisches Gedicht geworden. Das Wortmaterial wurde ohne Vers, ohne Rhythmus, ohne Reim lieblos und talentlos ins Französische rübergeschmissen, so, als würde ein Computer ein französisches Kochbuch in den Nadeldrucker diktieren: Man nehme sechs Pfund Judenfleisch und zwei Liter Tränen, drei Paar SS-Stiefel, hundert Meter Stacheldraht und fünf polnische Eierhandgranaten – und fertig ist der Fraß. Die englische Übersetzung ist schön korrekt – aber sie ist leider so heartrending wie ein Telefonbuch.

Die polnische Übersetzung aber, das hörte ich nicht nur von Yonath Sened, sondern auch von Arno Lustiger und von meinem polnischen Freund Andrzej Szpilman, die Nachdichtung von Jerzy Ficowski, soll genial sein. So was höre ich sehr, sehr gern. Jeder Übersetzer auch der bescheidenste, muß den Ehrgeiz haben, es wenigstens besser zu machen als das – Original!!

Yonath Sened – Katzenelsons Schülerin aus dem Warschauer Ghetto – ist eine Frau, die ja in der polnischen Sprache aufwuchs. Sie erzählte mir von Ficowski, dem polnischen Dichter. Er hat, sagte sie, Katzenelsons Poem so großartig als polnisches Gedicht geschaffen, wie Katzenelson es vielleicht in Ruhe nach 1945 geschrieben hätte, wenn er den Mördern entkommen wäre. »Ich war«, sagte Yonath Sened, »als ich Katzenelsons Gedicht nach dem Krieg zum ersten mal las, ein bißchen enttäuscht. Versteh mich nicht falsch – es ist tief und wahr und ist ein bedeutendes Werk und vielleicht das Beste, was wir überhaupt haben. Aber manche Passagen waren mir damals doch ein bißchen zu pathetisch, ein bißchen zu rhetorisch, es gab zu viele poetisch nicht bewältigte Gefühlsexplosionen.«

Ich sagte ihr: »Kunststück, im Winter! Katzenelson schrieb in Todesangst und in panischer Eile, denn er rechnete jeden Tag mit dem Ende. Außerdem war er krank, halb verhungert und vor allem im Kern seines Wesens zu Tode verwundet durch den Tod seiner allerliebsten Menschen. Natürlich könnte man genausogut den Spieß umdrehn und behaupten: ohne diese höllischen Umstände hätte dieser liebenswürdige und sanfte Mensch niemals ein so geniales und tragisches Werk zustande gebracht ...«

»Ja, ja«, sagte Yonath Sened, »das ist alles wahr, und ich weiß es selber. Aber trotzdem war ich damals ein bißchen enttäuscht, denn das Thema war so grauenhaft modern – und die Sprache irgendwie ... out of fashion. Und unsre hebräische Übersetzung – die kannste ganz und gar vergessen. Die liest keiner, die erreicht keinen hier in Israel und unsere Jugend schon gar nicht. Das Iwrith dieser Übersetzung ist eben leider in Schlips-Hebräisch geschrieben – so nennen wir das alte tote Hebräisch.«

Der Leser erinnert sich an den Neffen des Dichters Benjamin »Benni« Katzenelson. Als ich ihn im Kibbuz Shefaim besuchte, fragte ich ihn auch danach, wie eigentlich die hebräische Übersetzung von Moische Wolfowski damals zustande kam.

Salman Schneúr ist ein großer Dichter, er sollte es eigentlich machen, sagte Benni Katzenelson. »Aber es wurde nichts draus, leider leider!« Katzenelsons Neffe bewegt sich in der Lebensgeschichte seines berühmten Onkels mit einer heiter-ironischen Mischung aus liebevollster Familien-Vertrautheit und wissenschaftlicher Distanz.

Der berühmte Schneúr war also damals aus New York zu Besuch in Israel. Katzenelsons Cousin Tabenkin bekniete ihn bei dieser guten Gelegenheit mit der Bitte, dieses wichtige Werk aus dem verpönten Jiddisch zu übersetzen. Schneúr lieferte zur Probe zwei, drei hebräische Strophen, er machte es wunderbar. Aber der Amerikaner verlangte soviel Honorar, daß der Verlag der linken Kibbuzim es nicht zahlen wollte.

Daraufhin bat Tabenkin den Wissenschaftler Moische Wolfowski. Der war gewiß ein kluger Mann, aber eben kein Dichter. Sein bedeutendes Werk: ›Geschichte der Arbeiterbewegung in Israel (Palästina)‹ war nicht grade ein gutes Training für eine Katzenelson-Nachdichtung. Menachem Dorman, der Jekke und legendäre Leiter des Kibbuz-Verlages, gab dann diesem Wolfowski wohl oder übel den Auftrag. Wolfowski übersetzte treu, aber nicht schön.

Dabei hatte Wolfowski – außer mit den Musen, die ihn nicht küßten – auch noch mit dem alten Hebräisch und dem jungen Iwrith zu kämpfen. Das Hebräisch der damaligen Zeit war noch allzusehr ein abgehobenes Talmud-Hebräisch. Und der ordinäre aramäische Slang von vor 3000 Jahren, stand Wolfowski schon gar nicht zu Gebote. Der Reiz des jiddischen Originals aber liegt ja grade in der Mischung der Sprachebenen. Das jiddische Original wechselt zwischen der erhabenen heiligen Hochsprache aus den Büchern der Propheten und dem Jargon der Straße und der Küche.

Ein starker Dichter kann so was schaffen. Er bewegt sich zwischen Hochsprache und Alltagssprache so traumwandlerisch sicher, als wäre es eine einzige homogene Ebene. Diese starke Amplitude im Wortmaterial und im Duktus ist sowieso schon heikel genug zu händeln. Aber aussichtslos ist alle Anstrengung, wenn der Nachdichter diese zweite, die modernere und womöglich »primitivere« Alltags-Sprache gar nicht zur Verfügung hat. Dabei soll angemerkt sein, daß es nach 1945 natürlich schon Elemente einer solchen neuen Sprache gab, aber der alte Wolfowski war ihrer nicht mächtig.

Eine gelungene Übersetzung ist wie eine Quadratur des Kreises, denn sie soll alles zugleich sein: schön und treu, nah am Originaltext und absolut frei, also: autark und authentisch. Der Übersetzer soll sich nicht vordrängeln, aber zugleich soll er mit der ganzen ungebrochenen Kraft eines originalen Dichters schreiben. Ich will dem gewieften Leser nicht den Einfaltspinsel vorgaukeln. Natürlich bin ich der Meinung, daß mir meine Nachdichtung gelungen ist. Ohne diesen holden Wahn würde ich nicht kostbares Papier bedrucken lassen und nicht gutgläubige Menschen dazu verführen, fünfzig Mark für einen zusammengestoppelten Schund rauszuschmeißen.

Mein neuer Freund Katzenelson kannte so gut wie ich einen Dichter aus Weimar, dem wir beide nicht das Wasser reichen und dessen gewaltige Überlegenheit nur durch Liebe zu ertragen ist. Er schrieb: »Bescheiden sind nur die Lumpen.«

Wolf Biermann

Jakob Wassermann im dtv

Caspar Hauser oder Die Trägheit des Herzens
Die Geschichte des rätselhaften Findlings, der 1828 im Alter von etwa 17 Jahren fast sprachlos aufgegriffen wurde: Seine Herkunft regte ganz Europa zu Spekulationen an.
dtv 12254

Der Fall Maurizius
Seit 19 Jahren gilt Maurizius als Mörder seiner Frau, verurteilt vom Oberstaatsanwalt Andergast. Doch dessen Sohn Etzel hat Zweifel an der Rechtmäßigkeit des Urteils ...
dtv 10839

Etzel Andergast
Joseph Kerkhoven ist ein erfolgreicher Psychiater. Aber ist er gegen die Liebe zu einer Patientin gefeit? Etzel Andergast wird sein Schüler ...
dtv 10945

Joseph Kerkhovens dritte Existenz
Seine Frau und Etzel Andergast haben Kerkhoven hintergangen. Die Entdeckung wirft den berühmten Psychiater aus der Bahn...
dtv 10995

Christian Wahnschaffe
Wassermanns Hauptwerk: Ein Millionenerbe verläßt seine soziale Schicht und geht zu den Mühseligen und Beladenen.
dtv 11104

Mein Weg als Deutscher und Jude
Wassermanns eigene Erkundungen von 1904 bis 1933
dtv 11867

Der Aufruhr um den Junker Ernst
Ein phantasiebegabter junger Mann gerät in die Mühlen der Inquisition.
dtv 12080

Die Juden von Zirndorf
Weltuntergangsstimmung am Ende des 19. Jahrhunderts: Agathon Geyer will dies nicht hinnehmen und hat eigene Visionen für die Zukunft der Juden.
dtv 12163